Gina Mayer

Verliebt in Amsterdam

Gina Mayer wurde 1965 in Ellwangen geboren. Sie studierte Grafik-Design und arbeitete als Werbetexterin. Nach der Geburt ihrer beiden Kinder begann sie, Bücher für Kinder, Jugendliche und Erwachsene zu schreiben. Heute lebt sie mit ihrer Familie als freie Schriftstellerin in Düsseldorf.

Gina Mayer

VERLIEBT IN AMSTERDAM

Ravensburger Buchverlag

Als Ravensburger Taschenbuch
Band 58480
erschienen 2015

MIX
Aus verantwortungsvollen Quellen
FSC® C114500

1 2 3 4 5 E D C B A

Deutsche Originalausgabe

Vermittelt durch die Literaturagentur Arteaga, München
Lektorat: Iris Praël
Umschlaggestaltung: Carolin Liepins, Fotos von Corbis/Cultura und Shutterstock/Alexander Demyanenko

Postfach 1860, D-88188 Ravensburg
Printed in Germany
ISBN 978-3-473-58480-2

www.ravensburger.de

Phoebe

Dieses Lachen. Wenn Jesse lachte, dann spürte Phoebe es tief im Magen. Es prickelte wie Prosecco mit einem Schuss Aperol, süß und ein klein bisschen bitter.

Jetzt sah er sie auch noch an. Nur ganz kurz, dann richtete er den Blick wieder nach vorn auf die Straße. Sie wandte schnell die Augen ab und starrte aus dem Fenster. Er sollte nicht merken, dass sie ihn am liebsten die ganze Zeit angestarrt hätte. Er sollte nicht wissen, was sie für ihn empfand.

Ein Junge darf niemals mitkriegen, dass du auf ihn stehst, sagte Hannah immer. Lass die Jungs im Unklaren. Lass sie zappeln. Und Hannah hatte Recht. Eigentlich. Aber mit Jesse war alles anders. Jesse zappelte nicht. Jesse war ganz cool und ruhig. Sein Lachen … Lachte er sie an oder aus?

Nach diesem Wochenende würde sie es wissen. Denn an diesem Wochenende fuhr Phoebe mit Jesse ans Meer.

Als er Phoebe gefragt hatte, ob sie mit ihm nach Holland wollte, war sie fast in Ohnmacht gefallen. Sie kannte einige Mädchen, die sich mit Begeisterung den kleinen Finger abgehackt hätten, nur um einmal mit Jesse auszugehen. Und er wollte für drei Tage mit ihr verreisen!

»Das ist ja wohl der Hauptgewinn im Lotto«, sagte Hannah, als Phoebe ihr davon erzählt hatte. Und das klang fast ein bisschen neidisch, dabei war sie doch mit Simon zusammen.

Phoebe hatte Tage damit verbracht, sich das Wochenende auszumalen, jetzt ging es endlich los und schon toppte die Wirklichkeit ihre kühnsten Erwartungen. Die Sonne strahlte in Jesses Audi-Cabrio, Phoebes Haare flatterten im Wind. Jesse trug eine Sonnenbrille, sie konnte seine Augen nicht sehen. Aber sie sah sein Lachen. Und spürte es tief in ihrem Innern.

»Machst du das oft?«, fragte Phoebe.

»Was?«

»Dass du übers Wochenende nach Holland fährst.« Mit irgendeinem Mädchen, fügte sie in Gedanken hinzu. Und dachte dann: Egal. Was kümmert mich die Vergangenheit. Jetzt bin ich dran und ich werde es genießen. Jede Sekunde von diesem Wochenende.

»Früher war ich ständig da. Wir haben immer die Ferien in Holland verbracht. Und jedes dritte Wochenende. Aber jetzt fahr ich nicht mehr so oft hin.« Er zuckte mit den Schultern. »Nur wenn meine Eltern nicht da sind.«

»Ist das für deine Eltern okay? Ich meine, dass ich mitfahre?«

»Na klar«, sagte Jesse.

»Cool.«

Phoebes Eltern waren weniger cool. Aber zum Glück waren sie noch bis zum nächsten Mittwoch in Amerika bei Phoebes Großeltern. Phoebe hatte ihnen erzählt, dass sie das Wochenende bei Hannah verbringen würde, um Mathe zu lernen.

Dabei war das Schuljahr fast zu Ende und ihre Fünf stand ohnehin schon fest.

Aber ohne die Lüge wäre es nicht gegangen. Ihre Eltern hätten Phoebe nie und nimmer nach Holland fahren lassen mit einem Typ, mit dem sie gerade mal ein paar Wochen zusammen war.

Waren sie und Jesse überhaupt zusammen? Sie hatten sich ein paarmal geküsst. Mehr war bisher nicht passiert. Aber am Wochenende würde mehr passieren, das war ihr klar. Jesse. Eigentlich hieß er Jens. Aber alle nannten ihn Jesse. Anders als Phoebe war er schon fertig mit der Schule, im Herbst wollte er in Aachen ein Ingenieurstudium beginnen. Hannahs Freund Simon hatte ihn ihr vorgestellt, die beiden waren nämlich befreundet. Phoebe hatte Jesse von Anfang an toll gefunden, aber sie hatte ziemlich ackern müssen, bis er sie richtig bemerkt hatte. Kein Wunder, die Mädchen standen Schlange, um bei ihm zu landen. Da konnte man schon mal den Überblick verlieren.

Jesse gähnte. Was sollte das denn, fand er sie jetzt schon langweilig?

»Sorry.« Er hielt sich die Hand vor den Mund. »Aber ich hab heute Nacht total schlecht geschlafen.«

»Echt? Ich auch.«

»Na, so was. Haben wir Vollmond, oder was?«

Vollmond? An ihrer schlaflosen Nacht war bestimmt nicht der Mond schuld. Sondern Jesse und die Vorfreude auf den Hollandtrip. »Kaffee wär nicht schlecht, oder?«, fragte Jesse.

»Kaffee wär super.«

»Ich fahr an der nächsten Raststätte mal raus, okay?«

Kaffee. Als ob sie etwas Aufputschendes gebraucht hätte! Sie war doch schon aufgeregt genug. Kamillentee oder Baldriantropfen wären viel besser gewesen. Aber wenn Jesse Kaffee brauchte, dann wollte sie natürlich auch welchen.

Bevor die nächste Raststätte kam, gerieten sie aber erst mal in einen Stau. Eine halbe Stunde bewegten sie sich im Stop-and-go-Tempo weiter. Als sie ihr Etappenziel dann endlich erreicht hatten, mussten sie feststellen, dass viele andere auf dieselbe Idee gekommen waren. Der Parkplatz war total voll. Erst kurz vor der Ausfahrt fanden sie einen Platz für das Cabrio.

»Da drin ist jetzt bestimmt die Hölle los«, sagte Jesse und deutete auf das Restaurant. »Ich besorg uns zwei Coffee-to-go, okay? Kann aber ein bisschen dauern.«

Phoebe blieb im Auto, legte den Kopf in den Nacken und ließ sich die Sonne ins Gesicht scheinen. Im Autoradio lief »Wake me up« von Avicii. Überall waren Menschen, sie standen auf dem Bürgersteig und aßen Butterbrote oder rauchten Zigaretten. Ein schwules Pärchen kämpfte mit einem verzogenen Setter. Ein schlaksiger Typ mit zerrissenen Jeans und einer Gitarrentasche steuerte auf den Lkw-Parkplatz zu. An einem Picknicktisch verteilte eine Frau Sandwiches an ihre Kinder. Ihr blondiertes Haar leuchtete grell in der Sonne.

Im Radio kam jetzt Werbung. Phoebe wechselte den Sender, aber die anderen Programme waren auch nicht besser. Sie blickte sich nach Jesse um. So langsam konnte er doch mal wiederkommen, er war jetzt bestimmt schon eine Viertelstunde weg. Und alles nur wegen dem blöden Kaffee.

Dann klingelte ein Handy. Nicht ihr eigenes, das war nicht ihr Klingelton. Es war Jesses Telefon, das in der Mittelkonsole zwischen den Sitzen lag.

Tessi ruft an, verkündete das Display.

Tessi, welche Tessi?

Sie nahm den Anruf nicht an. Natürlich nicht. Die Handys von anderen Leuten waren tabu. Aber das Telefon hörte nicht auf zu klingeln. Diese Tessi gab nicht auf. Vielleicht war es ja etwas wirklich Dringendes?

Sie stellte sich vor, dass Jesse zurückkam und sie dann vorwurfsvoll fragte: Warum bist du denn nicht drangegangen? Sie nahm das Handy und wischte über das Display. »Hallo?«

Verwirrtes Schweigen am anderen Ende der Leitung. »Wer ist denn da?«

»Ich bin Phoebe. An Jesses Handy.«

»Ach so. Ja.« Tessi verstummte und schien scharf nachzudenken. Und Phoebe dachte ebenfalls nach. Tessi, dachte sie. Und Jesse. Das passte ja wie die Faust aufs Auge.

»Jesse ist gleich wieder da«, sagte sie. »Soll ich ihm was ausrichten?«

»Ich meld mich später noch mal«, sagte Tessi und legte auf.

Phoebe starrte auf das Handy in ihrer Hand. Der Himmel war immer noch blau, die Sonne schien, ein sanfter Wind spielte in ihrem Haar. Aber das Prickeln in ihrem Bauch war weg. Stattdessen nagte etwas in ihr. Eine Unsicherheit, ein Zweifel.

Quatsch, dachte Phoebe. Da ist sicher nichts. Diese Tessi ist bloß eins von den Mädels, die Jesse anhimmeln. Sie macht sich Hoffnungen auf ihn und war genervt, weil ich abgenommen habe.

Sie strich erneut über das Display. Jesses Smartphone war nicht gesichert, das Display wurde sofort hell. WhatsApp, Messenger, Mail, Facebook, alles zugänglich.

Das ist doch der beste Beweis, dachte Phoebe: Er hat nichts zu verbergen. Sonst hätte er sein Telefon gesperrt.

Leg das Handy weg, sagte ihr Kopf. Vertrau ihm, entspann dich, genieß das Wochenende. Aber in ihrem Bauch rumorte der Zweifel.

Und ihr Zeigefinger hörte nicht auf ihren Kopf, ihr Zeigefinger gehorchte ihrem Bauch und tippte auf das Whats-

App-Logo, über dem eine rote Eins schwebte. Eine neue Nachricht.

Sie brauchte nicht lange zu suchen: Tessi Bauer, der Name stand ganz oben, weil sie Jesse gerade eben geschrieben hatte.

Phoebe vergrößerte das Profilbild. Tessi hatte lange, pechschwarze Haare, einen knallroten Mund und machte eine Kuss-Schnute. Ein lustiges Foto. Sexy.

Jetzt ist es genug, sagte Phoebes Kopf. Leg das Handy weg.

Aber ihr Zeigefinger hatte Tessis letzte Nachricht schon geöffnet.

Tessi schrieb:

Wer war das denn an deinem handy???

Phoebe scrollte ein Stück nach oben und las die letzten Nachrichten, die Jesse und Tessi ausgetauscht hatten.

Wann sehen wir uns?, wollte Tessi wissen.

Wochenende geht nicht, schrieb Jesse. **Bin in holland, muss mal nach dem haus sehen. Vllt Montag?**

Bin abends im rossini, kellnern. Danach? Gegen 10 vllt?

Gegen 10 im Rizzi. Wo bist du gerade?

Im Bett, schrieb Tessi. **Ich hab dein t-shirt an das duftet noch nach dir.**

Wär gerne bei dir, schrieb Jesse.

Über der Nachricht stand das Datum von gestern und darunter eine Uhrzeit: 22:39. Da waren Jesse und Phoebe gerade im Biergarten gewesen. Zwischen zwei Küssen hatte er die Nachricht an Tessi geschrieben. **Wär gerne bei dir.**

Phoebe klappte das Handy zu und ließ es wieder in die Mittelkonsole fallen. Sie legte den Kopf in den Nacken und schloss die Augen. Spürte die Sonne und den Wind im Gesicht. Und hörte Tessi flüstern. Ihre Stimme klang weich und sexy und gleichzeitig gehässig.

Schlag ihn dir aus dem Kopf, Phoebe, flüsterte Tessi. Jesse gehört mir. Dich nimmt er mit nach Holland, weil er scharf auf dich ist, aber am Montag ist alles wieder vorbei.

»Ein Kaffee für die Dame.« Das war Jesses Stimme direkt an ihrem Ohr.

Phoebe fuhr zusammen.

»Hab ich dich erschreckt?« Er grinste sie an. So zärtlich, so verführerisch. So falsch.

»Hier.« Er reichte ihr einen Pappbecher in den Wagen, ging dann zur Fahrerseite und stieg wieder ein. »Ganz Deutschland trifft sich auf dieser verdammten Raststätte zum Kaffeetrinken. Du kannst dir nicht vorstellen, was da drin los war.«

Um nicht antworten zu müssen, nahm Phoebe einen großen Schluck. »Ah, Mist! Ist das heiß!«

»Meinst du etwa, ich bring dir kalten Kaffee? Dummerchen.« Er wartete darauf, dass sie lachte, aber sie verzog nur das Gesicht. »So schlimm?«

»Wer ist denn Tessi?«, fragte Phoebe.

»Tessi?« Nun trank er erst mal selbst – vorsichtig und in kleinen Schlucken. Phoebe sah ihm förmlich an, wie es in seinem Kopf ratterte. »Eine Freundin von mir. Wie kommst du jetzt auf die?«

»Sie hat angerufen.«

Seine Hand fuhr zur Hosentasche, in der normalerweise sein Handy steckte.

»Suchst du das?« Phoebe reichte ihm das Telefon.

»Ach, hab ich das aus Versehen im Auto gelassen? Was wollte sie denn?«

»Keine Ahnung. Sie meldet sich noch mal, hat sie gesagt.«

Er machte eine wegwerfende Handbewegung.

»Willst du sie zurückrufen?«, fragte Phoebe mit gespielter Harmlosigkeit. »Ich kann ja mal eben aufs Klo gehen.«

»Quatsch«, sagte Jesse. »Das ist nichts Dringendes. Die meldet sich wieder.«

»Vielleicht ist es ja wegen Montag«, sagte Phoebe.

»Montag?«

»Ihr seid doch verabredet. Vielleicht will sie dir Bescheid sagen, dass sie nun doch früher kann. Oder sie hat versehentlich dein T-Shirt gewaschen. So was Blödes aber auch, es hat doch noch so gut nach dir geduftet.«

Er ließ seinen Kaffee sinken und blickte sie an. Die Sonnenbrille verbarg zwar seine Augen, aber nicht die Wut in seinem Gesicht. »Was soll das, Phoebe?«

»Das frage ich mich auch«, sagte Phoebe. »Das ist ja wohl

echt das Letzte: Du fährst mit mir übers Wochenende weg, aber in Wirklichkeit bist du mit dieser Tessi zusammen.«

»Sag mal, hast du etwa …« Sein Blick wanderte ungläubig vom Handy zu Phoebe und wieder zurück.

»Ist doch egal, was ich gemacht habe. Wir reden jetzt über dich und diese Tessi-Tussi.«

»Nee, warte mal, warte mal! Du hast meine SMS gelesen? Sag mal, tickst du noch richtig? Du spionierst mir nach? DAS ist ja wohl das Allerletzte!«

Wenn sie nicht so wütend gewesen wäre, hätte sie das beeindruckt: dass er kein bisschen schuldbewusst war, sondern den Spieß ganz einfach umdrehte. Jetzt war Phoebe die Angeklagte und musste sich verteidigen.

»Sag schon: Ist sie deine Freundin oder nicht?«

Er schüttelte den Kopf, als wäre das alles vollkommen absurd. Diese Frage – und die Vorstellung, dass er Phoebe betrügen könnte. »Also, wenn du es genau wissen willst …«

»Bitte, ja.«

»Wir waren zusammen, Tessi und ich. Aber es ist aus. Das Problem ist, dass sie es einfach nicht wahrhaben will.«

»Das kann man ihr nicht verdenken. ›Ich wär jetzt gerne bei dir‹.«

»Bitte was?«

»Das hast du ihr geschrieben. Gestern Nacht. Als du mit mir im Biergarten warst, hast du die ganze Zeit nur an diese Tussi gedacht.«

»Es ist nicht so, wie du denkst. Tessi ist … ein bisschen durchgeknallt. Es ist nicht so leicht, ihr zu klarzumachen, dass es vorbei ist.« Er senkte den Kopf und starrte auf den Plastikdeckel auf seinem Kaffeebecher, während er weiterredete. »Ich hab Angst, dass sie ausrastet, wenn sie es erfährt.«

»Wenn sie was erfährt?«

»Na, dass du und ich … dass wir jetzt zusammen sind.«

»Wir sind nicht zusammen«, sagte Phoebe.

»Was?« Jetzt schob Jesse die Sonnenbrille nach unten und blickte Phoebe über den Rand hinweg an. »Phoebe, was soll das denn jetzt? Ich will mit dir nach Holland ans Meer fahren; ich hab mich super darauf gefreut, mit dir ein Wochenende zu verbringen. Ein bisschen zu chillen und …«

»Und was?«, fragte Phoebe.

Er verdrehte die Augen und schob die Brille wieder nach oben.

»Die Nummer ist uncool und kindisch, Phoebe. Du schnappst dir mein Handy, liest meine Nachrichten und reimst dir irgendwas zusammen …«

»Ich reim mir nichts zusammen. Diese Tussi ist deine Freundin. Du erzählst ihr, dass du sie vermisst, du verabredest dich mit ihr für Montagnacht und dann machst du mir vor, die Sache sei eigentlich vorbei und du wüsstest nur noch nicht, wie du es ihr sagen sollst? Für wie blöd hältst du mich eigentlich?« Sie war jetzt richtig in Fahrt und ihre Stimme so laut, dass draußen die blonde Frau und ihre Kinder die Sandwiches sinken ließen und neugierig zum Cabrio rüberguckten.

»Jetzt beruhig dich doch erst mal«, sagte Jesse unbehaglich.

»Weißt du was? Warum rufen wir Tussi nicht an und fragen sie, wie sie die Sache sieht?«

»Tessi«, korrigierte Jesse. »Warum willst sie anrufen? Das ist doch … hey, gib das sofort wieder zurück! Phoebe!«

Sie hatte sich das Handy geschnappt, sprang aus dem Wagen, klappte es auf und versuchte, Tessis Kontaktdaten aufzurufen. Doch bevor sie die Telefonnummer auf dem Display hatte, war auch Jesse ausgestiegen und kam mit großen Schritten auf sie zu.

»Sei doch vernünftig, Tessi … ich meine natürlich, Phoebe.« Er lachte nervös in Richtung der dicken Frau und ihrer dicken Kinder, die mit offenem Mund zurückstarrten.

Phoebe nutzte die Gelegenheit und wich ein paar Schritte zurück. Endlich hatte sie die Nummer aufgerufen und tippte mit dem Zeigefinger drauf. Das Handy begann zu wählen, aber jetzt hatte Jesse endgültig genug. Er machte einen Hechtsprung, um das Telefon zurückzuerobern.

»Hey, hey, hey!«, rief die blonde Frau und stand auf. »Jetzt ist es aber gut, junger Mann. Lassen Sie das Mädchen in Ruhe! Sonst ruf ich die Polizei.«

Jesse, der das Handy schon in der Hand hatte, zuckte zusammen und ließ es fallen.

Es knallte auf den Asphalt. Als Phoebe es aufhob, war das

Display von einem Spinnennetz aus feinen Rissen überzogen.

»Was ist das denn?«, schrie Jesse. »Siehst du, was du angerichtet hast? Verdammt, das Handy war ganz neu. Ah, ich könnte …!«

»Ist doch nicht meine Schuld!«, schrie Phoebe zurück. »Du hast das Handy fallen lassen, nicht ich!«

»Du hast es mir weggenommen!«

»Weil du mich mit dieser Kuh betrogen hast!«

»Du bist doch hysterisch!«

»Und du bist ein Arsch!«, zischte Phoebe. »Fahr doch mit deiner Tussi nach Holland, ich komm bestimmt nicht mit!«

»Sie ist nicht meine Tussi«, brüllte Jesse. »Ich meine, Tessi!«

Und dann drehte er sich um und rannte zurück zum Wagen.

Er schoss so schnell aus der Parklücke, dass sie zur Seite springen musste, damit sie nicht überfahren wurde.

»He, warte mal!«, schrie Phoebe. »Meine Sachen sind noch im Wagen. Mein Koffer, meine Handtasche. Hey, Jesse, du kannst doch nicht einfach abhauen und mich hier stehen lassen! Komm zurück, verdammt, komm sofort zurück!«

Aber Jesse hörte sie nicht mehr. Mit quietschenden Reifen schoss er über den Parkplatz und auf die Auffahrt zur Autobahn.

»Jesse!«, kreischte Phoebe. Inzwischen starrten sie nicht nur die blonde Frau und ihre Kinder an, auch die übrigen

Leute auf dem Rastplatz glotzten ungeniert. Die Lkw-Fahrer, der Typ mit der Gitarrentasche, das schwule Pärchen – sogar der Hund schien Phoebe anzugaffen.

»Lass ihn doch!«, rief die Frau. »Sei froh, dass du ihn los bist.«

Aber Phoebe war ganz und gar nicht froh. Als die Rücklichter von Jesses Cabrio auf der Autobahn verschwanden, schossen ihr Tränen in die Augen. Weil sie nicht heulen wollte, kickte sie vor Wut mit dem Fuß gegen den Bordstein.

Danach taten ihre Zehen höllisch weh.

Sie humpelte zu einer Bank und ließ sich darauf fallen.

Kein Handy. Kein Geld. Kein Ausweis. Kein Gepäck. Und sie war mindestens achtzig Kilometer von Düsseldorf entfernt.

Hannah. Sie musste Hannah anrufen. Die würde dann Simon Bescheid geben, dass er sie hier abholte. Das Blöde war nur: Hannahs Handynummer war nur in Phoebes Handy eingespeichert, aber nicht in ihrem Kopf.

Die einzige Nummer, die sie auswendig kannte, war ihre eigene Festnetznummer. Aber zu Hause war niemand. Zum Glück.

Sie dachte kurz an ihre Eltern und verdrängte den Gedanken rasch wieder. Ihr Vater würde ausflippen, wenn er wüsste, in welche Situation sie sich gebracht hatte. Weil sie nur Fun und Party und Jungs im Kopf hatte, wie er immer sagte. Anstatt ununterbrochen an ihre schlechten Noten zu denken, so wie er.

Aber das war jetzt vollkommen egal. Sie brauchte eine Lösung für ihr Problem. Sie musste von diesem verdammten Rastplatz runter.

»Autobahnpolizei«, sagte eine Stimme hinter ihr.

Phoebe fuhr erschrocken zusammen.

»Die helfen dir.« Die blonde Frau war hinter ihre Bank getreten. Jetzt lächelte sie wohlwollend auf Phoebe herab. Auf ihren Schneidezähnen klebte Lippenstift.

»Ich … äh …« Die Polizei würde sie vermutlich so lange auf der Wache behalten, bis ihre Eltern sie abholten. Sie war ja noch minderjährig. Die Frau beugte sich zu Phoebes Ohr und flüsterte, als würde sie Phoebe ein Geheimnis anvertrauen: »Du zeigst den Typ an.«

»Warum denn?«, fragte sie. »Er hat doch nichts gemacht. Wir haben uns nur gestritten.«

»Ist doch egal. Sag den Bullen, dass er dich beklaut hat. Hat er doch, oder? Immerhin ist er mit deinen Sachen weg.«

»Ja, aber …«

»Wenn ihn die Bullen aus dem Verkehr ziehen, wird ihm das eine Lehre sein. Dann überlegt er sich beim nächsten Mal besser, was er tut.«

»Ich weiß nicht …«

»Aber ich. Glaub mir, die Polizei regelt die Sache für dich. War bei mir und meinem Alten auch so.«

Phoebe wollte gar nicht wissen, was zwischen der Frau und ihrem Alten abgegangen war und wie die Polizei die Sache geregelt hatte. Sie musste diese aufdringliche Person loswerden und zwar schnell. Vorher konnte sie nicht klar denken.

»Ja, danke. Dann will ich mal gucken, wo ich die finde«, sagte Phoebe und stand auf.

»Da drüben!«, rief die Frau und zeigte auf einen Polizeiwagen, der vor dem Restaurant parkte.

»Super. Danke.«

»Nichts zu danken.« Die Frau winkte huldvoll und steckte sich einen Kaugummi in den Mund.

Phoebe ging auf den Polizeiwagen zu, aber bevor sie ihn erreicht hatte, bog sie nach rechts ab, wo die Lkw parkten. Auf diese Weise verschwand sie wenigstens aus dem Blickfeld der Frau.

Der Typ mit der Gitarre verabschiedete sich gerade von einem Fahrer und steuerte auf den nächsten zu. Er drehte Phoebe den Rücken zu, dennoch kam er ihr plötzlich seltsam bekannt vor. Dieser schlurfende Gang. Und dieser zerschlissene Rucksack im Ethno-Look. Den kannte sie doch …

»Warte mal!« Phoebe beschleunigte ihre Schritte. Der Typ fühlte sich offensichtlich nicht angesprochen, jedenfalls ging er einfach weiter.

»Hey!« Verdammt, warum blieb er nicht stehen? War der Kerl etwa taub?

Nun rannte sie los und holte ihn ein – und überholte ihn

sogar. Und während sie ihn überholte, fiel ihr ein, woher sie den Rucksack kannte. Und dann sah sie sein Gesicht.

Sie hätte am liebsten laut geflucht.

Als ob sie heute nicht wirklich schon genug Pech gehabt hätte.

Aaron

Phoebe Huggins und Jesse Walter.

Als sie aus dem Cabrio gestiegen waren, hatte Aaron die beiden sofort erkannt. Dabei hatte er Jesse schon ewig nicht mehr gesehen. Aber so jemanden wie Jesse vergaß man nicht so schnell.

Jens Walter, genannt Jesse, genannt »das Arschloch«. Letzteres allerdings nur von Aaron und auch nur insgeheim.

Früher war Aaron mit Jesse in derselben Klasse gewesen. Vier Jahre war das nun schon her, aber Aaron erinnerte sich noch bestens daran, wie Jesse ihn gemobbt und gequält hatte. Jesse schien geschrumpft zu sein seit damals, er kam Aaron viel kleiner vor. Aber natürlich war er nicht geschrumpft, sondern Aaron war gewachsen, sie waren jetzt ungefähr gleich groß.

Unsere »Loreley«. Das war der Spitzname gewesen, den Jesse sich für Aaron ausgedacht hatte. Weil Aaron gerne sang und im Schulchor gewesen war – damals. Jesse fand das schwul, dass ein Junge im Schulchor mitsang. Und die anderen Jungen in der Klasse fanden Jesse gut, also nannten sie

Aaron auch »Loreley«. Keiner von ihnen sang im Schulchor; sie spielten Fußball oder Hockey wie richtige Jungs.

Loreley. Am Ende des Schuljahres war Aaron sitzen geblieben, danach war sein Spitzname glücklicherweise in Vergessenheit geraten. Er kam in eine neue Klasse, an die er sich kaum noch erinnerte, weil er kurze Zeit später nach Frankfurt umgezogen war.

Und dort hatte dann sein Leben begonnen. Er hatte Noah und Jolli kennengelernt und zum ersten Mal richtige Freunde gehabt, leider die falschen – wenn man seiner Mutter Sabine glaubte. Sie hatten ja auch ziemlich viel Scheiße gebaut, das musste Aaron zugeben. Zu viel getrunken, Gras geraucht, ein paarmal hatten ihn die Bullen nach Hause gebracht. Aber das alles war unwichtig. Wichtig war nur, dass er sich auf Noah und Jolli verlassen konnte, damals wie heute.

»Komm sofort her«, hatte Jolli geantwortet, als Aaron ihm getextet hatte, dass er nach Amsterdam wollte. Jolli lebte nämlich inzwischen auch nicht mehr in Frankfurt, sondern in einem Vorort von Amsterdam.

Aaron und Sabine hatten nur ein Dreivierteljahr in Frankfurt gewohnt. Danach waren sie wieder nach Düsseldorf gezogen. Sabine war erleichtert gewesen, Aaron genervt –weil er in seine alte Schule zurück musste. Da er so viel Unterricht versäumt hatte und die Lehrpläne in Hessen ganz anders waren als in NRW, hatte er am Schuljahresende noch mal freiwillig wiederholt.

Und nun war er in derselben Stufe wie Phoebe Huggins.

Die »Prinzessin«, nannte Aaron sie insgeheim. Dabei brauchte Phoebe eigentlich gar keinen Spitznamen, »Phoebe« reichte vollkommen. Lehrer, die sie nicht kannten, sprachen den Namen »Föbe« aus, es hieß aber »Fiebi«. Wie bescheuert mussten Eltern drauf sein, wenn sie ihrem Kind einen solchen Namen gaben?

Für ihre Eltern konnte Phoebe natürlich nichts. Aber sie schien auch nicht darunter zu leiden, dass sie ihren Namen immer und immer wieder erklären musste. »Ich bin eben was Besonderes«, hatte sie neulich dem neuen Mathelehrer erklärt.

Was für eine blöde Kuh. Und dann die Art, wie sie ihre Haare aus dem Gesicht strich und nach hinten warf. Und die Klamotten. Röhrenjeans von *True Religion*, weiße Blusen, Kaschmirschals. Ihre Mutter zog sich wahrscheinlich genauso an.

Im Gegensatz zu Jesse mobbte Phoebe Aaron nicht, sie ignorierte ihn einfach, genau wie die anderen in der Stufe auch. Das war okay, schließlich konnte er mit seinen Mitschülern genauso wenig anfangen wie sie mit ihm. Sie waren ihm alle zu kindisch, zu oberflächlich, zu angepasst. Tag für Tag schleppte er sich in die Schule, setzte sich auf seinen Platz in der letzten Reihe, redete mit keinem und meldete sich nie. Im Gegensatz zu früher schrieb er inzwischen ganz gute Noten, weil er sich einigermaßen auf die Arbeiten vorbereitete. Nicht weil ihn der Stoff interessierte oder die Noten. Er wollte das Kapitel Schule nur so schnell wie möglich hinter sich bringen.

Das war der Plan gewesen – jedenfalls bis vor einer Woche. Dann hatte er diese Postkarte gefunden, und alle Vorsätze waren ihm auf einmal entfallen, so wie einem das Kleingeld aus den Taschen fällt, wenn man an den Füßen gepackt und auf den Kopf gestellt wird.

Deshalb stand er jetzt hier, an der Autobahn, auf diesem Parkplatz und suchte einen Fahrer, der ihn mit nach Amsterdam nahm. Und fand keinen. Die Lkw-Fahrer, die er angequatscht hatte, wollten alle nach Belgien oder Frankreich. Und die Pkw-Fahrer hielten sämtliche Tramper offensichtlich für potenzielle Serienkiller und wehrten entsetzt ab. »Nee, so was mach ich prinzipiell nicht, tut mir leid.«

Aaron hatte gehofft, dass er es bis zum frühen Abend nach Amsterdam schaffen würde. Aber wenn das so weiterging, dann würde er heute Nacht noch hier auf der Raststätte rumstehen.

Womöglich mit dieser Zicke. Warum hatte er sich nicht sofort irgendwo versteckt, als er gesehen hatte, dass Jesse-das-Arschloch abgedüst war? Dann hätte Phoebe ihn nicht entdeckt und würde ihn jetzt auch nicht anlächeln, als ob sie die dicksten Freunde wären.

»Hi, Aaron«, säuselte sie. Erstaunlich, dass sie überhaupt seinen Namen kannte. Aaron konnte sich nicht erinnern, dass sie jemals auch nur ein Wort miteinander gewechselt hatten.

»Hi«, sagte er, ohne ihr Lächeln zu erwidern.

Sie wartete offensichtlich darauf, dass er weiterredete. Das ist ja ein Ding, was machst du denn hier! Aber er dachte gar nicht daran. Er wollte nichts mit ihr zu tun haben. Je schneller sie sich verzog, desto besser.

»Gut, dass ich dich treffe«, hauchte Phoebe. »Ich hab nämlich ein kleines Problem.«

Ein kleines Problem? Nun untertrieb sie aber. Dass Phoebe sich auf einen Vollidioten wie Jesse eingelassen hatte, bewies ja wohl, dass sie ein Riesenproblem hatte.

»Ich hab keine Zeit«, sagte Aaron. »Tut mir leid.«

Er nahm seine Gitarre wieder auf und wollte an ihr vorbei. Aber jemand wie Phoebe ließ sich natürlich nicht so leicht abwimmeln.

»Das ist ja wohl ein Witz«, rief sie und rannte ihm nach. »Ich hab dich beobachtet. Du stehst doch hier nur rum.«

»Geht dich das was an, was ich hier mache?«, fragte er.

»Nein, natürlich nicht.« Ihre Stimme wurde auf der Stelle wieder zuckersüß. »Ich … also, es ist nur so, dass ich echt in einer blöden Situation bin. Ich brauch dringend Hilfe.«

»Da drüben ist die Polizei«, sagte Aaron und deutete auf den Polizeiwagen vor dem Restaurant.

»Ich kann nicht zu den Bullen«, erwiderte Phoebe und senkte dabei ihre Stimme zu einem Flüstern, als hätte sie

Angst, dass man sie auf der anderen Seite des Parkplatzes hören könnte. »Sag mal, kannst du mir vielleicht was leihen? Ich hab nämlich mein ganzes Geld … na, ist ja auch egal. Du kriegst alles zurück, ich schwör's dir. Aber …«

»Sorry«, sagte Aaron. »Ich hab selber kaum was.« Das stimmte nicht ganz. Er hatte zweihundert Euro bei sich, sein ganzes Erspartes. Das würde aber auch für eine ganze Weile reichen müssen. Jedenfalls hatte er nichts zu verschenken, schon gar nicht an eine verwöhnte Zicke wie Phoebe.

»Echt jetzt«, sagte Phoebe nervös. »Ich mach keine Witze. Ich steck in der Klemme.«

»Hab ich mitgekriegt. Aber ich kann dir nicht helfen. Da drüben sind die Bullen. Die rufen bei dir zu Hause an und dann …«

»Das geht nicht.« Phoebe hatte plötzlich Tränen in den Augen. War das Show oder war sie wirklich so verzweifelt?

»Meine Eltern wissen nicht, wo ich bin«, erklärte sie mit zitternder Stimme. »Und wenn die rauskriegen, dass ich einfach so nach Holland gefahren bin, dann machen sie mir die Hölle heiß.«

»Dann weiß ich auch nicht«, sagte Aaron.

»Wo willst du denn hin?«, fragte Phoebe.

Er zuckte mit den Schultern, als wäre ihm das selbst nicht klar.

»Kann ich nicht mitkommen?«

»Was? Bist du verrückt?«

»Warum?«, fragte sie. »Ich stecke echt in der Klemme.«

Er schüttelte den Kopf und ließ sie einfach stehen. Er lief mit großen Schritten auf einen Lkw zu, der gerade eben auf den Parkplatz gefahren war. Der Fahrer stieg aus. Auf den ersten Blick sah es so aus, als ob er ein buntes Hemd trüge, dabei waren seine Arme nackt. Sie waren jedoch über und über mit Blumenranken, Vögeln und seltsamen Runen tätowiert.

»Amsterdam?«, fragte Aaron.

Der Typ starrte ihn an, als müsste er über die Bedeutung des Wortes erst mal gründlich nachdenken.

»Wohin fahren Sie denn?«, fragte Aaron. »Sie verstehen doch Deutsch, oder?«

»Natürlich«, sagte der Typ.

»Wohin fahren Sie?« Meine Güte. Dieser Kerl brauchte aber ziemlich lange, um eine derart einfache Frage zu beantworten.

»Was?« Der Fahrer schüttelte den Kopf, als hätte er Wasser in den Ohren. »Ach so. Antwerpen.«

»Super«, sagte Aaron. »Nehmen Sie mich bis Eindhoven mit?«

Der Fahrer griff in seine Hemdtasche, holte eine Packung Zigaretten heraus und steckte sich eine an. Dabei sah er Aaron unverwandt an, als wollte er sich um jeden Preis sein Gesicht einprägen.

»Was ist nun?«, fragte Aaron. »Ja oder nein?«

Der Mann rauchte seelenruhig weiter. War er schwerhörig

oder einfach nur schwer von Begriff? Aaron wollte sich schon genervt abwenden, als der Mann sich räusperte.

»Was ist mit dem Mädchen? Gehört ihr zusammen?«

Aaron musste sich gar nicht erst umdrehen, um zu wissen, wen der Typ meinte.

»Nein«, sagte er.

»Na, klar«, sagte Phoebe gleichzeitig.

»Was denn jetzt?«, fragte der Fahrer und sah jetzt nicht mehr Aaron an, sondern Phoebe.

»Natürlich gehören wir zusammen«, sagte Phoebe. »Wir fahren beide mit nach Eindhoven.«

»Ich mach jetzt aber erst mal Pause.« Der Tattoo-Mann deutete mit dem Kopf auf die Raststätte.

»Kein Problem. Wir warten«, sagte Phoebe und lächelte berückend. Das hätte sie sich allerdings schenken können, denn der Lkw-Fahrer hatte sich schon abgewandt und stiefelte auf das Restaurant zu. »Halbe Stunde. Wenn ihr dann nicht hier seid, habt ihr Pech gehabt«, hörten sie ihn noch knurren.

»Bist du bescheuert?«, fuhr Aaron Phoebe an, als der Typ außer Hörweite war. »Kapierst du eigentlich irgendwas? Ich hab keinen Bock auf dich. Ich weiß gar nicht, warum du dich an mich dranhängst. Wie deutlich muss ich eigentlich noch werden?«

»Spiel dich doch nicht so auf«, sagte Phoebe. »Der Typ hätte dich ohne mich doch gar nicht mitgenommen. Der ist erst weich geworden, als er mich gesehen hat. Wir fahren jetzt zusammen nach Eindhoven und dann bist du mich wieder los.«

»Was willst du denn in Eindhoven?«

»Charlotte wohnt doch jetzt dort. Die kann mir sicher weiterhelfen.«

Charlotte? Welche Charlotte? Sollte er die kennen?

»Ach so«, sagte Phoebe. »War vor deiner Zeit. Charlotte Beyer. War früher auf unserer Schule. Die sind nach Eindhoven gezogen.«

»Meinetwegen fahr allein mit.« Das war gemein. Er wusste ganz genau, dass Phoebe nicht allein zu dem Typ in den Wagen steigen würde. War wahrscheinlich das erste Mal in ihrem Leben, dass sie überhaupt trampte.

Sie fuhr sich nervös durch die Haare. »Pass auf. Du willst nach Amsterdam. Und kommst hier nicht weg. Ich hab dich beobachtet, du hast alle Fahrer angequatscht, aber keiner wollte dich mitnehmen.«

»Lass das mal ruhig meine Sorge sein.«

»Natürlich. Aber dieser Fahrer fährt deine Strecke. Und ob ich jetzt mit im Wagen sitze oder nicht …«

Wo sie Recht hatte, hatte sie Recht. Er hatte ja wirklich keine Lust, noch ein paar Stunden auf diesem Rastplatz rumzuhängen. Er wollte nach Amsterdam, und zwar möglichst heute noch.

»Also gut«, sagte er. »Aber wirklich nur bis Eindhoven.«

Sie strahlte ihn an und wäre ihm vermutlich um den Hals gefallen, wenn er sie nicht so feindselig angestarrt hatte.

»Und damit eins klar ist: Mir ist es scheißegal, ob du deine Freundin findest oder nicht. Ich hab keinen Bock, für dich den Babysitter zu spielen«, fügte er noch hinzu.

»Na, hör mal!« Sie riss beleidigt die Augen auf. »Was hältst du denn von mir?«

Darauf antwortete er nur mit einem Schnauben. Manche Fragen beantwortete man besser nicht.

Sie setzten sich hinter dem Lkw unter einen Baum. Aaron holte seinen MP3-Player raus und steckte sich die Stöpsel in die Ohren. Phoebe tastete ihre Jeans ab. Was immer sie suchte, sie fand es offenbar nicht.

»Ich bin total durstig«, jammerte sie.

Aaron drehte die Lautstärke hoch. »*The moon rises in my heart*«, sang eine raue Frauenstimme. Ein Jazzsong auf seinem Player. Er fragte sich, wann er den runtergeladen hatte. Eigentlich stand er nicht auf Jazz. *Bloc Party*, *The Raconteurs* und *Arcade Fire* – das waren die Bands, die er hörte. Indierock. Keiner aus seiner Stufe kannte auch nur die Namen dieser Bands.

»Kannst du mir wirklich nichts leihen?«, fragte Phoebe. Trotz der Musik hörte er ihre Stimme laut und deutlich.

Er schüttelte den Kopf.

Sie seufzte theatralisch, zog die Knie an den Körper und

legte den Kopf darauf. Vielleicht heulte sie. Obwohl ihr klar sein musste, wie gefährlich das war, schließlich verschmierten die Tränen ihr Make-up und sie konnte ja nicht nachschminken.

Aaron schloss die Augen. Das war ebenfalls gefährlich. Er hatte in der letzten Nacht so gut wie nicht geschlafen. Wenn er jetzt einpennte, dann bekam er womöglich nicht mit, wenn der Fahrer zurückkam. Aber im Gegensatz zu ihm würde Phoebe bestimmt nicht allein einsteigen.

Nach dem Jazzsong begann ein Violinkonzert. Aaron erkannte es nach den ersten Takten. Nummer 1 in g-Moll von Bruch. Auch das hatte er ganz bestimmt nicht auf seinen Player geladen, obwohl er die Musik wirklich mochte. Er zog den Player aus der Tasche, klickte durch das Menü und verzog das Gesicht. Klassische Musik, Jazz, Swing. Er hatte Sabines Player eingesteckt, sein eigener lag noch zu Hause.

»Was hörst du denn da?«, fragte Phoebe.

Er steckte den Player wieder in die Jeans und antwortete nicht.

Das Bruch-Konzert war allerdings wunderschön, auch wenn er das Sabine gegenüber niemals zugegeben hätte. Früher hatte er sie oft in klassische Konzerte begleitet und er hatte auch keine der Inszenierungen versäumt, in denen sie mitsang. Aber seit Frankfurt ging er nicht mehr in die Oper, er hörte auch kaum noch Klassik. Die Musik mochte er immer noch, aber das Publikum in den Konzerten war ihm viel zu spießig.

»Aaron!«, rief Phoebe und rüttelte ihn an der Schulter. »Hey, Aaron, bist du eingepennt?«

Er fuhr hoch, als hätte sie ihn ins Gesicht geschlagen. Tatsächlich, das Violinkonzert war fast zu Ende, aus seinen Kopfhörern kamen die letzten Takte des Adagios.

Der tätowierte Fernfahrer warf gerade eine Zigarettenkippe weg und schlurfte auf seinen Wagen zu. Er kletterte auf den Fahrersitz und öffnete dann wortlos die Beifahrertür. Phoebe ließ Aaron den Vortritt und stieg als Letzte ein. Danach hatte sie Schwierigkeiten, die Tür zu schließen. Als sie nach dem Griff angelte, wäre sie fast aus dem Wagen gefallen. Aaron tat, als ob er es nicht bemerkt hätte.

»Anschnallen«, sagte der Lkw-Fahrer.

Von seinem Rückspiegel baumelte ein kleines Lebkuchenherz. »Joe« stand darauf in einer geschwungenen Zuckerschrift. Vermutlich war das sein Name.

»Ich bin Aaron«, sagte Aaron.

»Phoebe«, sagte Phoebe.

Joe verzog keine Miene. Aaron war sich sicher, dass es eine schweigsame Fahrt werden würde. Und das war auch besser so. Er hatte keine Lust, sich zu unterhalten. Aber Joe hatte den Wagen kaum gestartet, als er auch schon zu reden begann.

»Eine elende Tour«, sagte er. »Belgien, Berlin, hin und zurück, mach ich zwei-, dreimal die Woche. In aller Herrgottsfrühe los, und abends ist man da, wenn man Glück hat, schafft man's an einem Tag. Aber manchmal steht man im Stau. Man steht und steht und steht und nichts geht, überhaupt gar nichts.« Er machte eine Pause, in der er nach einer Tabakpackung griff, die hinter der Sonnenblende klemmte. Mit geübtem Griff holte er eine Selbstgedrehte heraus und zündete sie an.

»Das ist blöd mit den Staus«, sagte Aaron. Keine besonders intelligente Bemerkung, Joe nahm sie auch nicht zur Kenntnis.

»Den ganzen Tag auf der Autobahn. Die Frau sitzt in Berlin, du bist auf der Straße. Scheißjob, Scheißleben, das sag ich dir.« Aaron nickte pflichtschuldig, aber auch das bemerkte der Typ nicht. Die Fahrerkabine füllte sich mit Zigarettenrauch. Phoebe räusperte sich zuerst vorwurfsvoll, dann begann sie zu husten. Joe ignorierte sie.

»Dann die Bullen mit ihren Kontrollen. Binnenmarkt, die reden von Binnenmarkt, aber es wird jedes Jahr schlimmer mit den Auflagen und Kontrollen. Scheißpausen, ständig soll ich Pause machen, ich komm gar nicht voran, wenn ich ständig Pause machen soll. Wenn ich zu spät komme, meckert der Boss. Wenn ich zu schnell fahre, hab ich die Bullen am Hals.«

Aaron antwortete nicht mehr, ihm war inzwischen klar geworden, dass der Kerl gar keine Reaktion erwartete. Er wollte nur reden. Wenn sie nicht neben ihm gesessen hätten, hätte er vermutlich den gleichen Stuss von sich gegeben. Aaron starrte durch die Windschutzscheibe auf die Straße, auf die Dächer der Autos, die sie überholten. Wie klein sie aussahen, wenn man sie von einem Lkw aus betrachtete.

»Scheißleben, Scheißjob«, sagte Joe. Er drückte seine Fluppe in einem überfüllten Aschenbecher aus und zündete sich direkt danach eine neue an.

»Äh, Entschuldigung?«, sagte Phoebe. »Ich vertrag den Rauch nicht so gut.«

»Letzte Woche dreimal die Tour. Immer dieselbe Autobahn, immer dieselben Baustellen.«

Phoebe hustete. Joe laberte und laberte. Aaron schloss die Augen.

Er wollte nicht einschlafen, die erste goldene Tramperregel lautete, dass man als Beifahrer nicht wegpennen darf. Die Fahrer nahmen einen schließlich mit, weil sie Gesellschaft wollten. Auch wenn sie nur Monologe führten wie dieser Irre hinter dem Steuer.

Also riss er die Augen wieder auf und versuchte sich zu konzentrieren. Starrte auf die Tattoos, die Joes rechten Oberarm bedeckten, eine Schlange, die sich um einen Ast wand. Aus ihrem geöffneten Maul wuchs eine Rose. »Gerda« stand darüber. Vermutlich der Name seiner Frau. Über der Rose flatterten Vögel. Die Tätowierungen machten Aaron ganz schwindlig, er starrte wieder auf die Straße, auf der die Autos an ihnen vorbeiglitten. Joes monotone Stimme und das Rauschen des Verkehrs wirkten wie K.-o.-Tropfen auf seinen übermüdeten Körper.

Er wachte erst wieder auf, als Phoebe wie am Spieß zu schreien begann.

Phoebe

Es war alles ein einziger Fehler gewesen.

Warum hatte sie Jesse so angemacht, dass er sauer wurde und mit ihrem Gepäck davonfuhr? Für diese blöden WhatsApp-Nachrichten gab es wahrscheinlich eine ganz einfache Erklärung. Oder auch nicht.

Nun war er weg, und sie saß mit diesem Loser von Aaron in einem Lkw und fuhr nach Eindhoven zu Charlotte, zu der sie seit Monaten keinen Kontakt mehr hatte. Sie kannte nicht einmal ihre Adresse und an die Handynummer kam sie auch nicht ran. Vielleicht, dachte Phoebe plötzlich, wohnt Charlotte ja gar nicht mehr in Eindhoven. Vielleicht hat sie nie dort gelebt, sondern ist in irgendeine andere holländische Stadt gezogen, deren Name auf »-hoven« endet.

Egal, dachte Phoebe. Hauptsache, sie kamen bald an. Hauptsache, sie kam so schnell wie möglich aus diesem Lkw raus. Dieser Joe hatte ja wohl total einen an der Waffel. Er redete und redete und merkte gar nicht, dass Aaron neben ihm eingepennt war. Und Phoebe nahm er auch nicht zur

Kenntnis – dachte sie jedenfalls. Aber als sie das Fenster runterkurbelte, reagierte er sofort.

»Fenster zu«, knurrte er, ohne den Kopf in ihre Richtung zu drehen. Sie gehorchte erschrocken.

Er redete übergangslos weiter, über das teure Essen in den Raststätten, das ihm nicht schmecke. Und gesund sei es auch nicht, zu viele Kalorien, zu wenig Vitamine, der Scheißjob bringe ihn noch um, keine Bewegung, früher habe er Fußball gespielt, aber jetzt: keine Zeit mehr. Dabei rauchte er in einer Tour, er merkte gar nicht, wie absurd es war, dass er sich über sein ungesundes Leben beschwerte, während er sich eine Kippe nach der anderen anzündete.

»Eindhoven 98 km«, verkündete ein Straßenschild, an dem sie vorbeidüsten. 98 Kilometer – dafür brauchten sie eine Stunde oder länger, wenn sie in einen der Staus gerieten, über die der Typ die ganze Zeit schimpfte.

Phoebe lehnte ihren Kopf ans Fenster und schloss ergeben die Augen. Vielleicht konnte sie ja auch ein bisschen schlafen wie Aaron. Wenn nur die Luft nicht so verdammt schlecht gewesen wäre.

Aber das passte Joe auch nicht. Es missfiel ihm ganz deutlich, dass seine Passagiere jetzt beide wegdämmerten. Mit den Worten: »Drecksautobahn, alles Idioten unterwegs«, beugte er sich nach vorn und schaltete den CD-Player an. Dann explodierte der ganze Wagen.

Jedenfalls kam es Phoebe so vor. Ohrenbetäubender Heavy

Metal ließ die Fahrerkabine erbeben und brachte ihren Kopf zum Dröhnen. Mit einem Schlag war sie hellwach.

Auch Aaron zuckte zusammen, aber dann drehte er den Kopf auf die andere Seite und pennte einfach weiter.

»Äh, geht das vielleicht auch ein kleines bisschen leiser?«, fragte sie. Aber Joe hörte sie nicht, natürlich hörte er sie nicht, die Musik war ja auch viel zu laut. Die Bässe wummerten wie Faustschläge in ihrem Magen.

»*Destroooooooy!*«, brüllte eine Männerstimme. »*LET'S DIIIIIIE! KAPUUUUUTTT!*«

Phoebe steckte die Finger in die Ohren, hustete und starrte aus dem Fenster. Ein Gutes hatte das Ganze: Je fürchterlicher die Fahrt wurde, desto weniger abschreckend erschien ihr die Vorstellung, in Eindhoven einfach zur nächsten Polizeistation zu marschieren. Sie würde die Polizisten bitten, ihre Tante Susanne anzurufen, die Schwester ihrer Mutter. Die wohnte in Kleve, ganz in der Nähe der holländischen Grenze. Susanne würde Phoebe abholen, und danach würde Phoebe sie überreden, die ganze Geschichte für sich zu behalten. Leider war Susanne schrecklich spießig. Wahrscheinlich würde sie darauf bestehen, dass Phoebe sofort ihre Eltern anrief und alles beichtete.

Vergiss es, dachte Phoebe. Es gab nur eine Lösung: Sie musste Charlotte finden und sich von ihr das Geld für eine Fahrkarte nach Düsseldorf leihen. Und wenn Jesse ihr am Montag über den Weg lief, dann würde sie ihn …

… ja, was?, fragte sie sich selbst. Vielleicht hatte er doch nichts mit dieser Tussi. Vielleicht hatte sie total überreagiert. Sie hatte ihm ja gar keine Chance gegeben, alles zu erklären.

»*FUUUUUCK YOOOOOOUUU!*«, brüllte der Heavy-Metal-Sänger.

Joe nickte im Takt der Musik.

Aaron schnarchte leise. Wie fertig musste man sein, um bei diesem Lärm schlafen zu können?

Phoebe steckte die Finger tiefer in die Ohren. Aber es nützte nichts, die Musik war in ihrem Körper und machte sich breit wie Übelkeit, wie Zahnschmerzen. Sie hasste Heavy-Metal. Sie hasste diesen Lkw. Sie wollte nach Hause.

Der Wagen machte einen kleinen Schlenker. Wollte Joe etwa ausschwenken, um zu überholen? Aber ihr Lkw war viel langsamer als der kleine Lieferwagen, der vor ihnen fuhr und sich nun zügig entfernte. Die Bahn vor ihnen war jetzt frei, trotzdem wechselte Joe schon wieder auf die linke Spur.

»Alles okay mit Ihnen?«

Er hörte sie nicht, das Gebrüll aus dem CD-Player übertönte alles.

Phoebe beugte sich nach vorn, an Aaron vorbei, sodass sie Joe sehen konnte. Sein Kinn war auf die Brust gesunken, die Zigarette hing schlaff aus seinem Mund, an der Spitze ein zentimeterlanger Aschestrang. Er war eingeschlafen.

»JOOOOEEEE!!!«, kreischte Phoebe. Neben ihr zuckte

Aaron zusammen. Wäre er nicht angeschnallt gewesen, wäre er von der Bank gerutscht, so sehr erschreckte er sich.

»Sind Sie total bekloppt?«, schrie Phoebe. Sie lehnte sich nach vorn und schaltete den CD-Player aus. »Sie können doch hier nicht einschlafen! Wollen Sie uns alle umbringen?«

Joe war ebenfalls zusammengefahren, nun war er wieder wach, er umklammerte das Lenkrad mit beiden Händen und starrte mit weit aufgerissenen Augen auf die Straße.

Der Aschestrang brach ab, die Asche fiel von seiner Zigarette auf seinen Schoß, er merkte es nicht einmal.

»Scheiße«, murmelte er erschrocken. »Verdammte Scheiße.«

»Ja, Scheiße, ganz genau!«, brüllte Phoebe. »Ich glaub, Sie sind nicht ganz dicht! Wie kann man nur mitten auf der Autobahn einschlafen! Wenn Sie sich killen wollen, bitte, nur zu, aber ich würde gerne vorher aussteigen.«

»Beruhig dich mal wieder«, sagte Aaron leise. »Ist doch nichts passiert.«

Das gab ihr den Rest.

»Nichts passiert?«, schrie sie. »Es ist nichts passiert, sagst du? Wenn ich nicht aufgepasst hätte, dann wär was passiert, dann wären wir jetzt nämlich alle tot. Du warst ja am Pennen und hast nichts mitgekriegt, genau wie dieser Vollidiot! Ihr seid doch alle beide total bekloppt. Ich will hier raus, aber sofort!«

Da stieg Joe so plötzlich auf die Bremse, dass sie beide nach vorne geschleudert wurden. Der Sicherheitsgurt schnitt wie ein Messer in Phoebes Schulter, Aaron knallte fast mit der Stirn auf das Armaturenbrett. Joe kurvte nach rechts und kam auf dem Standstreifen zu stehen. Mit zitternden Fingern drückte er seine Zigarette aus.

»Raus«, sagte er. »Sofort.«

»Mach keinen Quatsch«, sagte Aaron unbehaglich. »Phoebe hat das doch nicht so gemeint, sie ist nur erschrocken.«

»Aussteigen«, sagte Joe, den Blick starr nach vorn gerichtet.

»Wir sind mitten auf der Autobahn«, sagte Phoebe. »Wir dürfen hier gar nicht raus.«

»Steig aus«, sagte Aaron. Verdammt, warum knickte er jetzt ein? Sie konnten hier nicht aussteigen, Joe musste sie zur nächsten Raststätte bringen. Das war ja wohl das Mindeste, nach allem, was geschehen war.

»Also, jetzt mal ganz im Ernst«, begann Phoebe, aber dann fiel ihr Blick auf die Rose auf Joes Oberarm. Sie bewegte sich. Sie breitete sich aus und zog sich wieder zusammen. Weil Joe seine Muskeln anspannte. Weil er kurz davor stand zuzuschlagen. Erst wäre Aaron dran und dann Phoebe.

Sie tastete nach dem Türgriff, ohne den Fahrer aus den Augen zu lassen.

»Mach schon, beeil dich«, sagte Aaron. Seine Stimme klang ganz ruhig, aber sein Oberkörper zitterte.

Eine Sekunde später stand sie auf der Straße. Aaron sprang nach ihr auf den Standstreifen und riss seine Gitarre und seinen Rucksack aus dem Wagen.

Zu Phoebes Entsetzen hatte Joe sich abgeschnallt und hechtete nun vom Fahrersitz auf die Beifahrerseite. Wollte er ihnen nach, um sie am Straßenrand zusammenzuschlagen? Ihr Blick flog zu den Fahrzeugen, die an ihnen vorüberbrausten. Die Blicke der Fahrer waren stumpf auf die Straße gerichtet. Keiner beachtete sie, keiner würde ihretwegen auch nur bremsen.

Aber zum Glück stieg Joe nicht aus, sondern angelte nur nach der Tür und zog sie zu. Dann schob er sich vors Steuer und brauste weg.

»Du blöde Kuh!«, sagte Aaron tonlos.

»Was?« Phoebe war fassungslos. »Sag mal, hast du sie noch alle?«

»Der Typ hätte mir fast eine reingehauen.« Aaron zitterte immer noch, aber jetzt nicht mehr vor Angst, sondern vor Wut. »Warum musstest du ihn so provozieren? Bist du bescheuert?«

»Na, entschuldige mal, der ist am Steuer weggeknackt! Wenn ich nicht geschrien hätte, würden wir jetzt vor dem Baum da drüben kleben …«

»Das war der totale Psychopath«, unterbrach Aaron sie. »Hast du das nicht gemerkt?«

»Na klar hab ich das gemerkt. Aber dir scheint es nicht

aufgefallen zu sein. Ich meine, du bist seelenruhig neben ihm eingepennt.«

Aaron fuhr sich mit den Fingern durch die Haare. Dann schüttelte er den Kopf. »Der Typ hat das totale Scheißleben.«

Phoebe starrte ihn ungläubig an. Worauf wollte er denn jetzt hinaus?

»Das muss man sich mal reintun«, murmelte Aaron. »Der fährt zwischen Berlin und Antwerpen hin und her, immer dieselbe Strecke. Sein Job kotzt ihn an, sein Privatleben gibt's nicht mehr. Er hat nur noch seinen Lkw. Der ist sein Königreich, da bestimmt nur einer und das ist er. Und dann nimmt er so eine Zicke mit, die die ganze Zeit rumnörgelt und ihn dann auch noch anschreit.« Er schnaubte verächtlich. »Du hast verdammtes Glück gehabt, dass du heil aus dem Wagen rausgekommen bist.«

»Ach«, sagte Phoebe. »Hab ich das?«

»Hast du«, sagte Aaron. Dann warf er sich den Rucksack über die Schulter und griff nach seiner Gitarrentasche.

»Wenn der Typ mich so richtig fertiggemacht hätte«, sagte Phoebe, »das hätte dir gefallen, ja?«

Aaron schwieg. Er hatte sich abgewandt und stieg die Böschung an der Straße empor.

»Wo willst du hin?«, rief Phoebe ihm nach.

Sie bekam keine Antwort. Sie brauchte auch keine. Inzwischen hatte Aaron den Fahrradweg erreicht, der parallel zur Autobahn verlief.

Sie kletterte ihm nach. »Warte doch mal!«, schrie sie. »Das ist doch unmöglich, wie du mich behandelst.« Da blieb er stehen und sah sie an.

»Ich hätte nicht einpennen dürfen«, sagte er. »Das stimmt. Aber wenn du nicht so ausgeflippt wärst, hätte der Kerl uns nicht rausgeschmissen.«

»Jeder macht mal einen Fehler«, erklärte Phoebe. Wobei Aarons Fehler ja wohl erheblich schwerer wog als ihr eigener. Aber das behielt sie lieber für sich. Es war ja geradezu lächerlich, dass sie sich hier wie die kleinen Kinder stritten. Wenn sie schon in dieser beschissenen Situation waren, konnten sie auch wie erwachsene Menschen miteinander umgehen.

»Ist ja schon erstaunlich, was auf der Autobahn so für Typen unterwegs sind«, fuhr sie in freundlicherem Ton fort. »Davon kriegt man ja normalerweise gar nichts mit. Also ich jedenfalls. Und du? Trampst du öfter?«

Aber der Smalltalk-Versuch scheiterte. Aaron zuckte nur mit den Schultern und machte so große Schritte, dass Phoebe Schwierigkeiten hatte, mit ihm Schritt zu halten. Doch so leicht ließ sie sich nicht abschrecken.

»Ich bin noch nie getrampt«, sagte sie. »Meine Eltern sind auch total dagegen. Na ja, ist wahrscheinlich normal. Wenn ich eine Tochter hätte, fänd ich das auch zu gefährlich.« Sie verstummte und räusperte sich betreten. Dieser Einstieg war schon mal total verkehrt. Warum fing sie jetzt von ihren

Eltern an? Und was faselte sie da von einer Tochter, die sie gar nicht hatte?

Noch mal tief durchatmen und dann ein neuer Versuch.

»Du spielst Gitarre? Wusste ich gar nicht. Ich hatte jahrelang Klavierunterricht, aber irgendwie ist nichts hängen geblieben. War vielleicht das falsche Instrument. Aber Gitarre find ich richtig cool. Gibst du denn auch Unterricht?«

Er reagierte nicht auf ihre Frage, sondern lief einfach weiter, als hätte er sie nicht gehört. Vielleicht hatte er sie wirklich nicht gehört.

»Erde an Aaron?«, sagte Phoebe. »Bist du noch auf Empfang?«

Endlich blieb er stehen und drehte sich langsam zu ihr um. »Kannst du nicht einfach mal den Mund halten? Dein Gelaber geht mir tierisch auf die Nerven.«

Sie hatte ihm gerade sagen wollen, wie gut sie es fand, dass sie sich heute an der Raststätte getroffen hatten. Denn in der Schule hatten sie so gut wie nichts miteinander zu tun, aber nun bot sich ihnen die Gelegenheit, sich mal besser kennenzulernen.

Es war jedoch sinnlos. Er wollte sie nicht kennenlernen. Und sie ihn eigentlich auch nicht.

Sie war auch kein bisschen froh, dass sie Aaron auf dem Rastplatz getroffen hatte. Jeder andere aus der Schule wäre ihr lieber gewesen, sogar Justus-der-Schleimer, sogar Max, der ihr auf der letzten Stufenparty auf die neuen Schuhe gekotzt hatte. Die beiden hätten sich wenigstens Mühe gegeben, Phoebe zu helfen. Aber Aaron war ein gestörter Blödmann, arrogant und asozial. Kein Wunder, dass er keine Freunde hatte. Und dumm war er obendrein. Für ihn war es doch die Chance gewesen, Phoebe zu treffen. Wenn er sich ein bisschen angestrengt hätte, hätte er ihr beweisen können, dass er viel netter war, als alle dachten. Stattdessen hatte er alle ihre Vorurteile bestätigt.

Sie hatte ihm die Hand hingestreckt, er hatte darauf gespuckt.

»Wie du willst«, sagte Phoebe und folgte ihm schweigend.

Sie vermisste Jesse plötzlich so sehr, dass es fast wehtat. Warum war sie bloß so ausgerastet? Und warum war er weggefahren? Ihre Geschichte hatte doch gerade erst begonnen, sie hätten so glücklich miteinander werden können.

Konnten sie immer noch. Vielleicht tat Jesse das Ganze inzwischen genauso leid wie ihr. Vielleicht war er längst wieder zur Raststätte zurückgefahren und machte sich Sorgen um sie. Vielleicht suchte er sie.

Erschrocken blickte Phoebe zur Autobahn. Wenn Jesse dort entlangfuhr, würde er sie oben auf dem Fahrradweg nicht sehen. Ob sie lieber am Rand der Autobahn bleiben sollte? Allerdings war die Gefahr ziemlich groß, dass nicht Jesse sie dort aufgabelte, sondern die Autobahnpolizei.

Alles Mist, dachte Phoebe. Totaler Schwachsinn. Dass Jesse

sie suchte, war reines Wunschdenken. Wahrscheinlich war er längst wieder in Düsseldorf und küsste seine Tessi-Tussi.

Ich hab dein t-shirt an das duftet noch nach dir.
Wär gerne bei dir.

Warum hab ich bloß immer so ein Pech mit Jungs, fragte sich Phoebe.

Du hast eben den Richtigen noch nicht gefunden, hätte Hannah jetzt gesagt, die seit über einem Jahr mit Simon zusammen war. Allerdings zofften sich die beiden ständig. Bevor sie so eine Beziehung hatte, blieb Phoebe dann doch lieber allein.

Wenn sie nicht schneller ging, dann konnte sie mit dem Alleinsein jetzt schon mal anfangen. Aaron hatte nämlich schon fast einen Vorsprung von hundert Metern. Sie beschleunigte ihre Schritte und verzog das Gesicht, weil sie die Blase spürte, die sich an ihrem rechten Fuß gebildet hatte. Ihre Chucks waren ganz neu, sie trug sie heute zum ersten Mal. Sie hatte ja auch nicht damit gerechnet, dass sie zu Fuß nach Holland gehen musste.

»Wo wollen wir eigentlich hin?«, rief sie Aaron zu.

Natürlich antwortete er nicht.

Irgendwann zahl ich dir das alles heim, dachte Phoebe und erschrak fast ein bisschen über den glühenden Hass, der in ihr hochloderte.

Kurz nach vier erreichten sie einen Parkplatz. Phoebe hatte inzwischen an beiden Füßen Blasen, ihre Fersen brannten wie Feuer und sie hatte Mückenstiche am ganzen Körper. Sie humpelte in den schmutzigen Waschraum und trank literweise Wasser aus dem Hahn. Wahrscheinlich war es kein Trinkwasser, aber wenn sie nicht getrunken hätte, wäre sie verdurstet.

Als sie den Kopf wieder hob und sich selbst im Spiegel sah, schrie sie erschrocken auf. Ihr Gesicht war knallrot, sie hatte einen Sonnenbrand auf der Nase, auf den Wangen, auf der Stirn und unter dem rechten Auge einen Mückenstich, der sich bereits zu entzünden begann. Ihre Haare klebten ihr schweißnass an der Stirn, als ob sie einen Marathon hinter sich hätte. Hatte sie ja auch, gewissermaßen.

Als sie wieder aus dem Toilettenhaus kam, saß Aaron auf einer Bank und aß ein Käsebrötchen. Das musste er mitgebracht haben, auf dem Parkplatz gab es nämlich keinen Kiosk. Phoebes Magen begann laut zu knurren, so laut, dass Aaron es wohl hörte, jedenfalls griff er mit einem Ausdruck tiefsten Widerwillens in seinen Rucksack, holte eine Papiertüte raus und streckte sie Phoebe hin. »Bitte.«

Sie warf einen Blick hinein. Da waren noch zwei belegte Brötchen.

»Nee, danke«, sagte sie, obwohl sie das Gefühl hatte, dass ihr vor lauter Gier der Speichel aus dem Mund tropfte.

Die Tüte schwebte noch ein paar Sekunden lang vor ihr,

als ob Aaron darauf wartete, dass sie doch noch zugriff. Dann zog er sie wieder zurück. Phoebes Magen zog sich vor Empörung zusammen.

Sie drehte Aaron den Rücken zu und blickte sich um. Sie musste hier weg und zwar schnell. Aber nicht zu Fuß, sondern in einem Auto.

Es standen drei Fahrzeuge auf dem Parkplatz. Ein Lkw, dessen Fahrer gerade ausstieg. Seine Hose hing so tief, dass man seinen halben Hintern sehen konnte. Nein, danke.

Ein holländischer BMW, vor dem ein junger Mann in einer Lederjacke lehnte. Er sah ganz nett aus, aber man wusste ja nie.

Eine Familie vor einem Toyota mit niederländischem Kennzeichen. Vater, Mutter und zwei Kinder. Ein Platz auf der Rückbank war noch frei. Bingo, dachte Phoebe und ging mit großen Schritten auf den Wagen zu. Die Mutter verfrachtete gerade die kleine Tochter im Kindersitz. Die Familie wollte los, das war offensichtlich.

»Entschuldigung.« Phoebe hinkte schneller. Wenn nur ihre Füße nicht so verdammt wehgetan hätten! Als ob sie durch ein Becken mit glühenden Kohlen watete. »Hallo?«

Jetzt tauchte die Mutter wieder aus dem Wagen auf und sah sie an.

»*Ja, wat is er?*«

»Ich bräuchte … ich müsste … Sie sprechen doch Deutsch?«

»Natürlich.« Allerdings mit ziemlich starkem holländischem Akzent.

»Ich wollte fragen, ob Sie mich ein Stück mitnehmen könnten? Ich muss nach Eindhoven.«

»Nach Eindhoven? Nein, sorry. Wir fahren nach Neederweert.«

Niederweert, wo war Niederweert? Im Grunde war das ja vollkommen egal. Hauptsache, sie kam hier weg.

»*Wat is er aan de hand?*« Nun näherte sich auch der Familienvater.

»*Ze wil naar Eindhoven*«, erklärte seine Frau.

»*Dat ligt niet op onze weg.*« Der Mann schüttelte den Kopf.

»Ich ... äh ... würde vielleicht auch ...«, begann Phoebe, aber nun mischte sich der BMW-Fahrer ein.

»*Kan ik misschien helpen?*«, fragte er das holländische Paar, aber bevor sie antworten konnten, wandte er sich an Phoebe. »Ich habe zufällig gehört, dass Sie nach Eindhoven möchten«, fuhr er auf Deutsch fort. »Ich fahre dahin. Wenn Sie mitfahren wollen, gerne. Natürlich nur, wenn Sie keine Angst vor mir haben ...« fügte er hinzu und lachte ein bisschen, als wäre diese Vorstellung vollkommen absurd.

»*Ik weet niet of dat een goed idee is ...*« Die holländische Mutter sah den holländischen Vater an. Sie wirkte so skeptisch, als ob sie in den BMW einsteigen sollte und nicht Phoebe.

»*Dat is toch ideaal*«, sagte der Vater. »Er fährt nach Eindhoven, sie will nach Eindhoven. Sind ja auch nur fünfzig Kilometer.«

Eigentlich spielte es keine Rolle, wie weit es nach Eindhoven war. Auf fünfzig Kilometern konnte genauso viel passieren wie auf fünfhundert, wenn man im falschen Fahrzeug saß. Das hatte die kurze Fahrt mit Joe ja wohl bewiesen. Dennoch fühlte Phoebe sich sofort beruhigt. Fünfzig Kilometer, das war ja nur ein Katzensprung, das konnte man ja fast zu Fuß gehen. Vorausgesetzt, dass einem die Füße nicht gerade abbrannten.

Jetzt drang lautes Gequengel aus dem Toyota. Das bereits angeschnallte Kind wollte wieder aussteigen, das andere, das noch nicht angeschnallt war, flüchtete währenddessen in Richtung Autobahn. Im letzten Moment fing der Vater es ein und trug es zurück zum Auto. »*We moeten gaan!*«, rief er seiner Frau zu, während er das zappelnde Kind auf der Rückbank verstaute.

»*Zeker.*« Sie warf Phoebe noch einen bedauernden Blick zu und setzte sich auf den Beifahrersitz.

»Also, wie sieht's aus?«, fragte der BMW-Mann, als der Toyota vom Parkplatz gerollt war. »Wollen Sie mitfahren?«

»Phoebe?« Auf einmal stand Aaron neben ihr. Phoebe hatte gar nicht gemerkt, dass er näher gekommen war. Natürlich, er hatte gehört, dass sie sich mit dem Typ unterhielt und nun wollte er auch mit.

Eigentlich die perfekte Lösung. Mit Aaron im Wagen

würde ihr der Mann bestimmt nichts tun. Aber andererseits: Der Fremde war nett, sympathisch und höflich. Und Aaron behandelte Phoebe wie den letzten Dreck. Sie hatte überhaupt keinen Bock mehr auf ihn.

»Na klar«, sagte sie zu dem Mann. »Gerne.«

»Ist das dein Freund?«, fragte der Typ und sah Aaron an. »Kommt der auch mit?«

Phoebe schüttelte den Kopf und zuckte gleichzeitig mit den Schultern, als wäre ihr Aaron vollkommen unbekannt. »Nicht dass ich wüsste.«

So. Das hatte Aaron nun von seiner Unfreundlichkeit. Vielleicht war ihm das eine Lehre. Sie hätte zu gerne gesehen, was für ein Gesicht er jetzt machte, aber dazu hätte sie sich zu ihm umdrehen müssen, und das wollte sie nicht.

»Hast du noch Gepäck?«, fragte der BMW-Mann. Vorhin hatte er sie doch noch gesiezt – wieso war er jetzt plötzlich zum Du übergegangen?

»Nee. Wir können direkt los. Wenn Sie wollen.«

Der Mann lachte. »Ich bin Mike. Und du? Wie heißt du?«

»Phoebe.«

Er öffnete ihr die Autotür, seltsamerweise nicht die Beifahrertür, sondern die hintere. Als wäre er ein Taxifahrer. Vielleicht wollte er ihr dadurch signalisieren, dass er nicht vorhatte, sie während der Fahrt zu begrapschen.

»Phoebe«, rief Aaron, als sie schon fast eingestiegen war, »warte doch mal!«

Ah, jetzt hatte er wohl geschnallt, dass sie ernst machte und er wirklich nicht mitkam. Du hast deine Chance gehabt, Aaron, dachte sie finster.

Sie winkte ihm verstohlen zu, während Mike hinter dem Steuer Platz nahm. Worauf wartete er denn noch? Warum fuhr er nicht los?

Im selben Moment sah Phoebe den fetten Kerl. Er trat hinter den Büschen hervor, die den Parkplatz umwucherten, und ging zielstrebig auf den BMW zu. Der will doch nicht etwa …, dachte Phoebe, aber da hatte der Typ den Wagen auch schon erreicht, öffnete die Beifahrertür und stieg ein.

Bevor sie reagieren konnte, startete Mike den Wagen.

»*Wat is dit nou weer?*«, fragte der Fette, der Phoebe jetzt erst bemerkte.

»*Ze wil naar Eindhoven*«, sagte Mike.

Sein dicker Kumpel lachte begeistert. Phoebe verschränkte unbehaglich die Arme vor der Brust. Die beiden Männer unterhielten sich nun sehr schnell auf Holländisch, sie verstand kein Wort. Worüber sie wohl sprachen? Vielleicht hätte sie doch nicht einsteigen sollen.

Dann drehte sich der Beifahrer zu ihr um.

»Ich bin Ruud«, stellte er sich vor und streckte seine fette Hand nach hinten.

»Phoebe«, sagte Phoebe. Sie wollte ihn nicht berühren, ganz offensichtlich war er zum Pinkeln in die Büsche gegangen und danach hatte er sich nicht die Hände gewaschen.

Aber er zog seine Hand nicht zurück, also nahm sie sie doch.

»Phoebe«, sagte Mike und suchte ihren Blick im Rückspiegel. »Was ist das für ein Name? Ist das Englisch?«

»Mein Vater ist Amerikaner«, sagte Phoebe. Wie sie diesen Namen hasste. Warum hatten ihre Eltern sie nicht einfach Eva oder Anna oder Luisa taufen können? Irgendwas Normales, das jeder aussprechen und schreiben konnte, ohne vorher einen Englischkurs zu belegen. Noch bevor die Leute sie kannten, hielten sie sie schon für affig und überdreht, nur wegen diesem Namen.

Wenn sie wenigstens perfekt Englisch gesprochen hätte, als Entschädigung sozusagen. Aber ihr Vater hatte immer Deutsch mit ihr geredet. Deshalb hatte Phoebe wie alle anderen ihr Englisch mühsam in der Schule lernen müssen.

»Wir wollten dich nicht überfordern mit einer zweiten Sprache«, sagte ihre Mutter immer, wenn Phoebe sich heute darüber beschwerte. Stattdessen hatten sie sie lieber mit dem Namen überfordert.

»*How do you do?*«, sagte der Dicke und lachte vergnügt über seinen blöden Witz.

»Was willst du denn in Eindhoven?«, fragte Mike.

»Meine Freundin wohnt da.«

»Ist sie genauso hübsch wie du?«

Was sollte sie darauf antworten? Die Frage gefiel ihr nicht. Und Mikes Blick gefiel ihr auch nicht. Warum starrte er ständig in den Rückspiegel, anstatt sich auf die Straße zu konzentrieren?

»Noch viel hübscher«, sagte der Dicke.

»Haha.« Mike lachte. »Das ist aber nicht nett, Ruud. Da wird Phoebe sauer, wenn du so gemein zu ihr bist.«

Ruud antwortete etwas auf Holländisch, was Phoebe nicht verstand, da lachte Mike noch lauter.

Phoebe blickte auf ihre Uhr. Mike fuhr ziemlich schnell. Die fünfzig Kilometer bis Eindhoven müssten in einer knappen halben Stunde überstanden sein. Sie lehnte den Kopf an die Fensterscheibe und schloss die Augen. Nicht, weil sie müde war, ihr Herz klopfte wie rasend. Aber wenn die Typen dachten, dass sie schlief, dann hörten sie zumindest auf, mit ihr zu quatschen.

Sekunden später riss sie die Augen schon wieder auf. Der Wagen war langsamer geworden und hatte dann eine Rechtskurve gemacht. Sie verließen die Autobahn.

»Sind wir schon da?«, fragte sie nervös. »Ist das Eindhoven?«

Mike lachte. »Nicht Eindhoven, ich kann doch nicht fliegen.«

Der Dicke machte kleine flatternde Bewegungen mit den Händen, als müsste er Mikes Deutsch noch übersetzen.

»Wo fahren Sie hin?« Phoebes Stimme klang hell und dünn vor Angst. Sie sagte Sie statt Du. Sie wollte diese Typen nicht mehr duzen, sie wollte so viel Distanz wie möglich.

»Ganz ruhig.« Mike blickte wieder in den Rückspiegel und nickte ihr beruhigend zu. »Wir müssen nur noch einen Freund abholen.«

Einen Freund. Noch ein Mann, der ins Auto stieg, der sich zu Phoebe auf die Rückbank quetschte.

»Ich möchte lieber aussteigen«, sagte Phoebe. »Jetzt.«

Mike lachte und nickte.

Dann redeten sie wieder auf Holländisch.

Ob sie einfach die Tür öffnen und rausspringen sollte, mitten in der Fahrt? Aber der BMW hatte inzwischen wieder an Tempo gewonnen und auf der Straße herrschte dichter Verkehr. So eine Aktion wäre lebensgefährlich gewesen.

»Hören Sie mich? Ich will hier aussteigen!«, rief Phoebe.

»Wir sind gleich da«, sagte Mike. »Keine Panik.«

Er bog jetzt von der Landstraße ab, sie fuhren durch ein Dorf. Niedliche holländische Einfamilienhäuser mit dunkelroten Klinkerfronten säumten die Straße. Häkelgardinen in den großen Fenstern, Tulpen im Vorgarten, die Sonne lachte. Die reinste Idylle. Vielleicht war sie ja nur hysterisch, vielleicht machte sie sich ganz umsonst Sorgen. Mike und Ruud luden noch einen Freund ins Auto, dann brachten sie Phoebe nach Eindhoven. Alles wie verabredet. Keine Panik.

Ruud grinste sie an und sagte wieder etwas zu Mike, was Phoebe nicht verstand. Da war auf einmal die Angst wieder da, sie überschwemmte Phoebe und raubte ihr den Atem.

Es gefällt ihnen, dass ich mich fürchte, dachte sie. Sonst

würden sie mich nicht so ansehen, sonst würden sie sich nicht auf Holländisch unterhalten, sonst würden sie auf der Stelle anhalten. Ich darf ihnen meine Angst nicht zeigen, dachte sie und wusste gleichzeitig, dass es viel zu spät war. Sie hatten sie längst gespürt.

Mike blinkte und bog dann gemächlich in eine schmale Seitenstraße ein. Sie fuhren jetzt Schritttempo, das war die Gelegenheit zu entkommen. Phoebe zog verstohlen am Türgriff. Einmal. Noch mal. Die Tür öffnete sich nicht, sie war verschlossen.

»*Kinderslot*«, sagte Ruud, der sie die ganze Zeit beobachtete. »Wir halten gleich.«

Er grinste Mike an und Mike grinste zurück. Und bremste und hielt. Sie standen in einem Hof. Eine Werkstatt, rechts ein Stapel Holzpaletten, links ein Gabelstapler. Weit und breit war kein Mensch zu sehen.

»Ihr verdammten Arschlöcher!«, schrie Phoebe. »Ich hab genug von diesem Scheißspiel, ich will sofort aussteigen. Lasst mich raus!«

Hinter ihnen fuhr noch ein Auto auf den Hof. Phoebes Herz raste. Was hatten die Typen vor, wer war in dem anderen Auto? Hatten sie sich hier mit ihren Freunden verabredet, um Phoebe …? Ihr war plötzlich eiskalt.

»*Wat gebeurd hier?*«, fragte Ruud.

»*Wacht even*«, sagte Mike. Er nickte Ruud zu und wollte offenbar aussteigen, aber nun bremste das andere Auto direkt neben ihnen. Jemand sprang aus dem Wagen, rannte auf den BMW zu und riss Phoebes Tür auf.

»Komm raus da, Phoebe! Steig aus!«

Das wollte sie ja auch, raus, nichts wie raus und das so schnell wie möglich, aber ihre Knie waren so weich und ihre Beine zitterten so, es dauerte eine Ewigkeit, bis sie es aus dem Wagen geschafft hatte. Und dann knickte sie auch noch ein und wäre umgefallen, wenn Aaron sie nicht aufgefangen hätte.

Aaron

Diese dumme Kuh. Diese bescheuerte Zicke, dieses hirnlose Wesen! Wie blöd musste man sein, um zu zwei fremden Typen ins Auto zu steigen? Na gut, den einen hatte Phoebe zu spät gesehen, damit hatte sie nicht gerechnet. Damit hatte auch Aaron nicht gerechnet, sonst hätte er Phoebe noch auf dem Parkplatz aus dem BMW gezerrt.

Vielleicht auch nicht.

Im ersten Moment war er nämlich so sauer gewesen, dass er sie am liebsten ihrem Schicksal überlassen hätten. Es war so typisch – der smarte Typ in der schicken Lederjacke vor dem teuren Wagen. So etwas zog Phoebe magisch an, darauf fiel sie rein. Dafür ließ sie Aaron einfach stehen.

Na gut, an der Tatsache, dass sie ihn stehen gelassen hatte, war Aaron natürlich nicht ganz unschuldig, das musste er zugeben. Auf dem Weg zum Parkplatz hatte sie ja versucht, mit ihm ins Gespräch zu kommen, und er hatte sie einfach abblitzen lassen. Das hatte sie ihm natürlich übel genommen. Auch deshalb war sie in den BMW eingestiegen. Um es Aaron zu zeigen.

Na und, dachte Aaron, während der BMW auf die Autobahn einbog und dann im Verkehr verschwand. Ist das mein Problem, ist das meine Schuld, wenn Phoebe ihr Gehirn ausschaltet, weil sie sauer auf mich ist? Er beschloss, dass er keinen Gedanken mehr an sie verschwenden würde. Und dabei wäre es auch geblieben, wenn Sabine nicht gewesen wäre.

Das kannst du doch nicht machen, Aaron, sagte sie.

Natürlich nicht in Wirklichkeit, Sabine war ja in Düsseldorf und gab dort Gesangsunterricht oder übte Koloraturen und hatte nicht die geringste Ahnung, dass Aaron gerade auf einem Parkplatz in Holland stand. Und von Phoebe wusste sie noch weniger, sie kannte nicht einmal ihren Namen. Sabine war weit weg, aber ihre Stimme war in Aarons Kopf und sprach ihm ins Gewissen. Stell dir mal vor, diesem Mädchen passiert was, sagte sie. Wenn diese Typen ihr was antun, wie willst du denn damit zurechtkommen, wie willst du damit leben?

Halt du dich da raus, gab Aaron in Gedanken zurück. Du bist doch schuld an dem ganzen Mist. Denn wenn Sabine ihn nicht belogen hätte, dann wäre er jetzt nicht unterwegs nach Amsterdam. Dann hätte er auch Phoebe nicht getroffen, dann wäre das alles gar nicht passiert.

Aber diese Entschuldigung würde Sabine nicht akzeptieren, und wenn Aaron ehrlich zu sich selbst war, dann akzeptierte er sie auch nicht.

Er fand Phoebe immer noch unsympathisch und zickig, aber die beiden Männer in dem Auto waren ihm noch unsympathischer. Die Vorstellung, dass sie zu zweit über Phoebe herfielen, war ekelhaft.

Er musste die Polizei rufen. Aber welche? Funktionierte die deutsche Notrufnummer auch in Holland? Oder erreichte er darüber nur die deutsche Polizei? Und was, wenn die Typen harmlos waren? Phoebe würde ihn steinigen, wenn er ihr völlig umsonst die Bullen auf den Hals hetzte. Unschlüssig starrte Aaron auf sein Handy, als der Renault auf den Parkplatz fuhr: ein rostiger, klappriger, grüner Wagen mit deutschem Kennzeichen, aus dem zwei Frauen stiegen. Beide um die Fünfzig, leicht übergewichtig, mit wallenden knallbunten Kleidern, eine mit rot gefärbten Haaren, die andere war blond. Vielleicht waren sie ja die Rettung.

Aaron rannte auf die Frauen zu und erzählte ihnen keuchend, was geschehen war. Nicht die ganze Wahrheit, aber fast. Von einem Streit mit seiner Freundin erzählte er und wie sie dann zu einem Fremden ins Auto gestiegen sei und wie der andere Kerl aus den Büschen gekommen und ebenfalls ins Auto gestiegen sei.

»Ich mach mir solche Sorgen«, sagte er.

»Das glaub ich dir«, sagte die Rothaarige. »Das klingt überhaupt nicht gut.«

»Willst du nicht lieber die Polizei anrufen?«, fragte die andere.

»Unsere Eltern wissen nicht, dass wir hier sind«, sagte Aaron.

Die Blonde holte gerade Luft, um ihn darauf hinzuweisen, dass das ja nun wirklich das kleinste Problem sei, aber glücklicherweise war ihre rothaarige Freundin schneller. »Wie lange sind die schon weg?«, fragte sie.

»Zwei Minuten«, sagte Aaron.

»Die kriegen wir noch«, sagte die Frau.

Die Rothaarige hieß Suse und ihre Freundin Birgit. Sie wollten eigentlich nach Antwerpen, genau wie Joe. Das erzählten sie Aaron, während sie auf die Autobahn fuhren und losbrausten. Birgit saß am Steuer und holte alles aus der altersschwachen Kiste heraus, was nur ging. Die Tachonadel bewegte sich zitternd auf die 180-Stundenkilometer-Markierung zu, der Renault röhrte wie ein Traktor.

»Bahn frei! Aus dem Weg!«, schrie Birgit und blinkte und hupte so lange, bis die Fahrer vor ihnen entnervt aufgaben und die Überholspur freimachten. Suse saß neben ihr und feuerte sie an. Aaron hielt sich am Griff über der Tür fest, um nicht hin- und hergeschleudert zu werden. Wenn sie nur die Bullen nicht erwischten! Obwohl sich dann zumindest das Problem mit dem Notruf erledigt hätte.

»Komm schon, Birgit, schneller, die dürfen uns nicht entkommen«, rief Suse. Und nach hinten zu Aaron: »Siehst du sie irgendwo? Halt die Augen auf!«

»Da!«, schrie Aaron. »Da vorn sind sie! Der dunkelblaue BMW!«

Auch der BMW fuhr auf der Überholspur, allerdings machte er dabei erheblich weniger Lärm und wackelte auch nicht so wie der Renault.

»Rüber«, zischte Suse. »Sie dürfen nicht merken, dass wir hinter ihnen her sind.«

Birgit ging vom Gas und wich auf die rechte Spur aus. Und das war gut so, denn nun wechselte auch der BMW auf die rechte Spur und steuerte auf die Ausfahrt zu.

»Sie fahren ab«, rief Birgit. »Was machen wir denn jetzt?«

»Das ist doch keine Frage«, schrie Suse. »Hinterher! Aber Vorsicht: Fahr nicht zu dicht hinter ihnen. Die dürfen nichts mitkriegen.«

Auf der Landstraße gab es kaum Verkehr, sie folgten dem BMW in großem Abstand.

»Sollen wir nicht doch lieber die Polizei rufen?«, fragte Birgit. »Wenn die beiden Männer nun gefährlich sind ...«

»Bis die Polizei hier ist, sind diese Typen doch über alle Berge«, sagte Suse. »Wir regeln die Sache selbst. Das wär doch gelacht!«

Birgit zuckte mit den Schultern. »Aber was machen wir denn, wenn sie anhalten? Das sind zwei Männer und wir sind nur Frauen ...«

»Nur Frauen?« Suse lachte laut und schrill. »Das hab ich jetzt nicht gehört. Pass auf, sie biegen ab.«

Der BMW fuhr auf ein Dorf zu und war nach wenigen Sekunden in der Ortschaft verschwunden.

»Wo sind sie denn jetzt hin?«, fragte Birgit, nachdem sie ebenfalls das Ortsschild passiert hatten. Sie reckte den Hals. »Seht ihr sie irgendwo?«

»Sie müssen abgebogen sein. Auf der Hauptstraße würden wir sie ja sehen.«

»Da hinten!«, rief Aaron. Er hatte den BMW in einer Nebenstraße erspäht, dort bog er gerade in eine Einfahrt ein.

Birgit bremste scharf und legte den Rückwärtsgang ein, dann schoss sie nach hinten und stieß um ein Haar mit einem anderen Auto zusammen. Der Fahrer ruderte mit den Armen und tippte sich an die Stirn. Suse warf ihm eine Kusshand zu. Birgit bog mit quietschenden Reifen in die Seitenstraße ein.

»Sie sind da rein!« Aaron zeigte auf die Hofeinfahrt, in der der BMW verschwunden war.

»Wir bleiben erst mal alle im Wagen«, befahl Suse, als sie ebenfalls im Hof standen, direkt neben dem BMW.

Aber Aaron hörte nicht auf sie. Er sah Phoebe auf dem Rücksitz, ihr Gesicht war bleich, ihre Augen riesig, sie sah aus wie ein verängstigtes Kind.

Er sprang sofort aus dem Auto und rannte zu ihr. Sie fiel ihm fast entgegen, als er die Wagentür aufriss.

»Gott sei Dank«, flüsterte sie. »Gott sei Dank, Gott sei Dank.«

Er hielt sie fest, weil sie sonst umgefallen wäre, und sah aus dem Augenwinkel, wie die beiden Holländer ebenfalls ausstiegen.

»Was ist denn jetzt los?«, fragte der Lederjackenmacho. »Was will der denn hier?«

»*Ruzie*«, sagte sein dicker Freund. »*Hij wil ruzie.*«

Aber nun sprangen auch die Türen des Renaults auf und Birgit und Suse stiegen aus.

»Die Polizei ist schon unterwegs«, rief Birgit und wedelte zum Beweis mit ihrem Handy.

»Das Spiel ist aus«, brüllte Suse, und Aaron hätte sich nicht gewundert, wenn sie eine Pistole gezogen und damit in die Luft geschossen hätte.

Die beiden Männer starrten sie an, als hätte sie den Verstand verloren.

»Ich verstehe nicht«, sagte die Lederjacke. »Gibt's hier ein Problem?«

»Nicht wenn ihr das Mädchen gehen lasst«, sagte Suse.

»Natürlich.« Die Lederjacke hob beide Hände zum Beweis ihrer Unschuld. »Ich weiß echt nicht, was das Theater soll. Keiner von uns hat sie zu irgendwas gezwungen. Sie ist freiwillig bei uns eingestiegen.«

»Ich wollte aber auch wieder aussteigen!«, schrie Phoebe. »Aber ihr habt nicht angehalten. Ihr seid einfach weitergefahren.«

»Du wolltest aussteigen?« Die Lederjacke schaute den

Dicken an. »Hast du das gehört, Ruud? Die Kleine wollte aussteigen.«

»*Mijn Duits is slecht*«, sagte der andere. »*Ik verstond haar niet.*«

»*Ik ook niet.*« Die Lederjacke lächelte bedauernd. »Ist jetzt alles geklärt? Oder wollt ihr noch mit reinkommen?«

»Wir sind fertig«, sagte Birgit. Sie deutete mit einer Kopfbewegung auf das Auto. »Rein mit euch.«

»Tschüss!« Der Lederjackenmann winkte ihnen vergnügt nach. »Und immer schön locker bleiben.«

»Gute Fahrt!« Der Dicke zeigte ihnen zum Abschied den Mittelfinger.

»Scheiße«, sagte Birgit, als sie alle im Auto saßen. »Vielleicht sollten wir doch die Polizei rufen. Das passt mir überhaupt nicht, dass die einfach so davonkommen.«

»Keine Polizei«, wimmerte Phoebe.

»Nützt ja auch nichts. Wir haben doch überhaupt nichts gegen sie in der Hand«, erklärte Birgit. »Die haben eine Tramperin mitgenommen, das ist nicht strafbar.«

Sie fuhr ein kleines Stück nach vorn, dann legte sie aus unerfindlichen Gründen den Rückwärtsgang ein.

»Pass auf!«, schrie Suse.

»Achtung!«, brüllte Aaron und Phoebe kreischte.

Zu spät. Ihre hintere Stoßstange prallte gegen den BMW und schrappte mit einem hässlichen Quietschen an der Seitenfront entlang.

»Hoppla.« Jetzt schaltete Birgit in den ersten Gang. »Da hab ich mich wohl vertan. So ein Ärger aber auch.«

Die beiden Holländer waren ganz ihrer Meinung. Sie lachten jetzt auch nicht mehr, sondern rissen den Mund auf. Aber was sie schrien, konnte man im Renault nicht hören, weil die Fenster zu waren.

»Frau am Steuer«, sagte Birgit und zuckte bedauernd mit den Schultern. »Was kann man da schon erwarten.«

»Und was ist, wenn die jetzt doch noch die Polizei rufen und uns wegen Fahrerflucht drankriegen?«, fragte Suse, als sie wieder auf der Autobahn waren.

»Dann erzähl ich denen, dass ich so durcheinander war wegen Phoebe, dass ich gar nicht mehr klar denken konnte«, sagte Birgit. »Und ihr seid meine Zeugen. Aber ich glaub nicht, dass sie uns anzeigen.«

»Ich ehrlich gesagt auch nicht«, sagte Suse. »Hach, was für eine Aufregung! Ich fühl mich wie in einem Film.«

»Hör bloß auf!«, sagte Birgit und warf ihr einen strafenden Blick zu. »Das Ganze war saugefährlich.« Sie schaute in den Rückspiegel und suchte Phoebes Blick. »Lass dir das bloß eine Lehre sein, Phoebe.«

»Nie zu fremden Männern in den Wagen steigen«, fiel Suse ein. »Nie mehr, hörst du?«

Phoebe nickte. Sie war immer noch ganz blass und zitterte, genau wie Aaron, aber bei ihm war es keine Angst, sondern

Zorn. Weil ihm erst jetzt so richtig bewusst wurde, in welche Gefahr Phoebe ihn und die beiden Frauen gebracht hatte. Und das alles nur, weil sie sauer auf ihn gewesen war.

Beim nächsten Mal kannst du selber zusehen, wie du da wieder rauskommst, wollte er gerade sagen, aber Birgit war schneller.

»Du kannst deinem Liebsten echt dankbar sein, Phoebe«, sagte sie.

Phoebes Augen wurden groß vor Erstaunen bei dem Wort »Liebsten«.

»Der ist fast verrückt geworden, weil er sich solche Sorgen um dich gemacht hat«, ergänzte Suse.

»Und wie er aus dem Wagen gesprungen ist, um dich zu retten«, sagte Birgit. »Wow!«

»Na, nun nimm sie doch mal in den Arm, Aaron!«, rief Suse.

»Ihr dürft euch auch küssen«, meinte Birgit. »Wir gucken so lange weg.«

Die beiden Frauen fuhren sie nach Eindhoven.

»Bist du sicher, dass das das richtige Haus ist?«, fragte Birgit, nachdem Phoebe sie zielsicher durch die Stadt zu einer großen Villa dirigiert hatte, die von einer hohen Hainbuchenhecke umgeben war.

»Und dass deine Freundin auch zu Hause ist?«, fragte Suse. »Sollen wir nicht lieber warten, bis sie aufmacht?«

»Nicht nötig«, sagte Phoebe. »Sie wartet auf mich. Den ganzen Nachmittag schon.«

Sie warf Aaron einen beschwörenden Blick zu, aber er verstand nicht, was sie ihm damit sagen wollte. Vielleicht erwartete sie, dass er gar nicht mit ausstieg, sondern bei Birgit und Suse im Auto blieb. Sie hatte ja nun ihr Ziel erreicht, sie brauchte ihn nicht mehr.

Aber wenn sie glaubte, dass sie ihn so einfach loswurde, hatte sie sich geschnitten. Er würde heute Nacht ebenfalls hier pennen. Es war Phoebes Problem, wie sie das den Eltern ihrer Freundin verklickerte. Schließlich hatte er wegen Phoebe einen halben Tag verloren, ohne die Verfolgungsjagd wäre er längst in Amsterdam.

Vielleicht wäre er auch tot, fiel ihm dann ein: weil Joe seinen Lkw gegen einen Baum gesetzt hätte. Aber diesen Gedanken verdrängte er rasch wieder.

»Alles Gute«, sagte Birgit. »Ich geb euch noch meine Handynummer. Wenn was ist …«

»Nicht nötig«, sagte Phoebe. »Wir sind doch jetzt da. Vielen Dank noch mal. Echt, ich weiß gar nicht …«

»Schon gut«, sagte Suse. »Lass es dir eine Lehre sein.«

»Nie mehr zu fremden Typen ins Auto«, sagte Birgit.

»Und streitet euch nicht mehr«, fügte Suse hinzu. »Ihr seid ein süßes Paar.«

Birgit stieß ihre Freundin kichernd in die Seite. »Guck mal, jetzt werden sie beide rot.«

Sie holten Aarons Gitarre und den Rucksack aus dem Kofferraum, wünschten ihnen noch mal alles Gute, und dann brausten sie ab. Der Renault knatterte beängstigend, hoffentlich machte er es noch bis Antwerpen.

»Hoffen wir mal, dass diese Charlotte wirklich zu Hause ist«, meinte Aaron. »Sonst haben wir ein Problem.«

»Sie wird schon da sein«, sagte Phoebe. »Ich muss nur erst mal rausfinden, wo sie wohnt.«

»Was? Ich dachte …« Aarons Blick wanderte zu dem Haus hinter der Hainbuchenhecke. »Du hast doch vorhin noch gesagt, dass du erst letztes Jahr hier warst.«

»Na, wenn ich den beiden erzählt hätte, dass ich weder Charlottes Telefonnummer noch ihre Adresse habe, dann hätten die uns doch nie und nimmer hier abgesetzt, sondern zur Polizei gebracht. Und da darf ich auf keinen Fall hin. Die bringen mich doch sofort nach Hause.«

»Okay«, sagte Aaron. »Also, wie geht es jetzt weiter?«

»Wir brauchen die Adresse«, sagte Phoebe. »Aber wie kommen wir da ran?«

»Kannst du nicht eine von deinen zahllosen Freundinnen fragen? Irgendeine wird ja wohl Charlottes Handynummer haben.«

»Mein Handy liegt bei Jesse im Auto«, sagte Phoebe. »Aber du hast deins doch dabei. Google den Namen doch mal. Vielleicht finden wir die Adresse ja im Internet.«

»Internet ist nicht.« Aaron schüttelte den Kopf. »Mein Handy ist nicht smart, sondern einfach nur alt.«

»Aber telefonieren kannst du doch wohl damit? Und ein paar Nummern wirst du ja wohl auch eingespeichert haben.«

»Von meinen Freunden kennt keiner deine Charlotte.«

»Aber vielleicht kennt einer deiner Freunde jemanden, der sie kennt.« Phoebe hatte schon wieder diesen leicht genervten, besserwisserischen Ton, den Aaron so hasste. Nichts erinnerte mehr an das verängstigte, bleiche Wesen, das er vor einer knappen Stunde aus dem BMW gezerrt hatte. »Ruf einfach mal jemanden aus unserer Stufe an.«

»Wie denn?«

»Na, ein paar Leute wirst du doch kennen. Oder?«

Er klickte durch sein Telefonbuch. »Marco Müller?«

»Der Name sagt mir nichts. Ist der bei uns auf der Schule?«

»Kann sein. Vielleicht kenn ich ihn auch aus Frankfurt. Weiß gar nicht, wie der in mein Verzeichnis kommt.«

»Und sonst?« Phoebe trat jetzt ganz dicht neben ihn und starrte auf das Display seines Handys. Ihr Haar roch nach Zitrone. Vielleicht war es auch ihr Parfüm.

»Theo«, sagte sie und tippte auf das Handy. »Ist das Theo Wunderlich?«

»Keine Ahnung.« Aaron betrachtete den Namen mit schief gelegtem Kopf. »Ich kenn keinen Theo.«

»Ruf ihn mal an. Theo Wunderlich war früher mal in meiner Klasse, aber dann hat er wiederholt. Er müsste Charlotte kennen. Vielleicht hat er ihre Nummer.«

»Wenn es nicht ein ganz anderer Theo ist.« Warum erinnerte er sich nicht an den Typ? Der Name war ja nun nicht so häufig.

»Jetzt probier's doch einfach mal aus«, sagte Phoebe. »Oder soll ich?«

Sie griff nach dem Handy, aber Aaron entzog es ihr. »Lass mal, das mach ich schon selber.« Er wählte die Nummer und hörte, wie es im Telefon tutete. Einmal, zweimal, dreimal.

»Hallo?«

»Hallo«, sagte Aaron. »Hier ist … äh … Aaron.«

»Wer?«

»Aaron Schneider.«

»Wer?« Der Typ am anderen Ende konnte offensichtlich genauso wenig mit Aarons Namen anfangen wie dieser mit seinem.

»Du bist doch Theo Wunderlich?«

Pause. Vielleicht überlegte Theo, ob er einfach wieder auflegen sollte.

»Was gibt's denn?«, fragte er schließlich.

»Hör zu«, sagte Aaron und dann machte er eine Pause, in der er vergeblich nach Worten suchte. »Ich … äh …«

Aber nun hielt Phoebe es nicht mehr aus und schnappte sich das Handy.

»Theo? Hier ist Phoebe. Wir brauchen mal ganz dringend deine Hilfe.«

Sie lauschte einen Moment lang in den Hörer. »Ist doch jetzt ganz egal, wer das ist«, sagte sie dann. »Ich erklär dir das später. Ich brauch die Nummer von Charlotte Beyer.«

Aber der Name sagte Theo nun leider gar nichts mehr und die Nummer hatte er auch nicht. Dafür aber die von David Possin, der Erik Rutsch kannte, der mit Lina Werth zusammen war, und die hatte Charlottes Nummer.

Eine halbe Stunde später kritzelte Phoebe die Nummer auf die Rückseite eines Einkaufsbons, den Aaron in seiner Tasche gefunden hatte. »Erledigt.«

»Gar nichts ist erledigt«, sagte Aaron. »Außer meinem Guthaben. Das ist gleich zu Ende, wenn du so weitermachst.«

»Hast du etwa keinen Vertrag?« Phoebe sah ihn so fassungslos an, als ob er ihr gerade gestanden hätte, dass er weder lesen noch schreiben könne. »Na, ist ja auch egal. Ich ruf jetzt eben Charlotte an …« Sie verstummte und tippte die Nummer ins Handy.

»Mailbox«, sagte sie nach ein paar Sekunden und schüttelte bedauernd den Kopf. »So ein Mist.«

Sie hinterließ eine Nachricht. »Ruf sofort zurück!«, sagte sie. »Ist total dringend.«

»Vielleicht sollten wir auch noch eine SMS schreiben«, sagte Aaron. »Wer weiß, ob sie die Mailbox abhört.« Aber da begann das Telefon auch schon zu klingeln. Nach einem Blick aufs Display reichte er es an Phoebe weiter.

»Charlotte? Das ging ja schnell! Super, dass du dich sofort meldest! Hör zu, ich bin hier in Eindhoven ...« Sie unterbrach sich und lauschte.

»Was?«, fragte sie dann ungläubig. »Du bist ... aber das ist ja ...«

Eine quäkende Stimme drang aus dem Hörer. Aaron konnte kein Wort verstehen, aber er wusste genau, was Charlotte sagte. Tut mir leid, sagte sie, vielleicht ein anderes Mal. Phoebes Gesicht leuchtete blass in der Dunkelheit, die sich inzwischen auf die Straße gesenkt hatte.

Scheiße, dachte Aaron.

»Da kann man nichts machen«, flüsterte Phoebe. »Nee, ist nicht schlimm. Wär nur nett gewesen, dich mal wieder zu sehen.«

»Ibiza«, flüsterte sie, nachdem sie aufgelegt hatte. »Sie ist übers Wochenende auf Ibiza.«

»Super«, sagte Aaron. »Und jetzt? Was machen wir jetzt?«

Phoebe starrte ratlos ins Leere, während er sich fragte, warum er auf einmal Wir gesagt hatte. Als ob es irgendetwas gegeben hätte, was Phoebe und ihn verband.

Phoebe

Pech, nichts als Pech. Erst Jesse, dann dieser wahnsinnige Joe, die beiden irren Typen in dem BMW – und nun das. Charlotte war mal eben übers Wochenende nach Ibiza geflogen.

Und Phoebe stand mit einem fremden Jungen in einer fremden Stadt und hatte keine Ahnung, wo sie die Nacht verbringen sollten.

»Was machen wir jetzt?«, fragte Aaron.

»Ich weiß es nicht«, murmelte sie.

Vielleicht wäre es doch am besten, wenn sie die nächstbeste Polizeiwache aufsuchte. Tante Susanne würde sie abholen, und am Mittwoch würde ihr Vater brüllen und toben und ihre Mutter weinen und dann Migräne bekommen. Aber auch das wäre irgendwann vorbei.

»Was meinst du?«, fragte sie Aaron. »Sollen wir zurück?«

»Zurück?«, fragte er so entgeistert, als hätte sie vorgeschlagen, sie sollten sich gemeinsam vor einen Zug zu werfen. »Ich gehe nicht zurück.«

»Aber heute schaffst du es nicht mehr nach Amsterdam.«

»Nee, vermutlich nicht.« Er streckte die Arme und gähnte. »Dann fahr ich eben morgen.«

»Aber das lohnt sich doch gar nicht mehr.«

»Das lohnt sich nicht mehr?« Er zuckte mit den Schultern. »Versteh ich nicht.«

»Na, wenn du Glück hast, bist du morgen Mittag da. Dann kannst du auch schon wieder nach Hause fahren. Montag ist schließlich Schule.«

»Na und?«

»Was – na und?«

»Ich geh nicht mehr zur Schule«, sagte er. Und bereute sofort, dass er das gesagt hatte. Sie sah es ihm an. Bei ihm fielen auf einmal sämtliche Türen zu und die Lichter gingen aus. Wenn sie jetzt nachhakte und bohrte, würde sie gar nichts erreichen. Sie musste so tun, als ob sie das Ganze überhaupt nicht interessierte, auch wenn es ihr schwerfiel. Sie hätte zu gerne gewusst, was er in Amsterdam vorhatte. Warum er dorthin wollte und nicht mehr zurück.

Ein Mädchen, dachte sie. Da steckt bestimmt ein Mädchen dahinter.

Der Gedanke brannte ein bisschen, wie eine neue Blase, die sich nicht an ihrem Fuß, sondern in ihrer Brust gebildet hatte.

»Was willst du denn machen?«, fragte sie und fügte rasch hinzu: »Ich meine, heute Nacht«, als sie sah, wie er die Lippen zusammenpresste.

Er blickte zum Himmel. »Ist doch warm. Und sieht auch nicht nach Regen aus.«

»Willst du auf der Straße übernachten?«, fragte sie entsetzt.

»Nee.« Er blickte sich um. »Siehst du das Haus da hinten? Die Rollläden sind unten, die Garage ist zu, es stehen auch keine Fahrräder oder irgendwelcher Krempel vor der Tür. Ich würde sagen, die Besitzer sind im Urlaub.«

»Du willst doch nicht etwa da einsteigen!«

»Natürlich nicht. Aber wenn die Leute weg sind, stört es sie auch nicht, wenn ich in ihrem Garten übernachte. Wer weiß, vielleicht findet sich sogar noch irgendwo ein Liegestuhl.«

»Hast du einen Schlafsack dabei?«, fragte Phoebe.

»Nee. Aber es ist doch warm. Das geht schon.«

»Ich hab nicht mal ein Sweatshirt zum Überziehen.« Beim Gedanken an eine Nacht im Freien bekam sie schon jetzt eine Gänsehaut.

»Du wolltest doch zur Polizei. Damit sie dich wieder zurückbringen.«

»Wollte ich doch gar nicht. War nur so eine Überlegung.«

»Aha«, sagte Aaron.

»Vielleicht finden sich ja auch noch zwei Liegestühle«, sagte Phoebe.

Er grinste. Zum ersten Mal, seit sie sich getroffen hatten, grinste er.

»Ich leih dir auch ein Sweatshirt, wenn du magst.«

Der Traum: eine romantische Nacht am Strand mit Champagner, Sternenhimmel und Jesses Küssen.

Die Realität: Pommes, Frikandeln und Cola in der schmierigsten Imbissbude in ganz Holland. Die Pommes waren weich und geschmacklos, die Frikandeln schwammen im Fett. Trotzdem war es das köstlichste Essen, das Phoebe in ihrem ganzen Leben gegessen hatte. Sie war so hungrig.

»Das kam gerade noch rechtzeitig«, erklärte sie mit vollem Mund. »Noch eine Viertelstunde und ich wäre verhungert.«

Auf der Suche nach einer Pommesbude waren sie fast eine Stunde lang durch die Wohngegend gelaufen. Auf dem Weg hatten sie sich Aarons belegte Brötchen geteilt, aber das hatte Phoebes Hunger nicht gestillt, sondern nur noch vergrößert.

»Wie viel Geld hast du eigentlich dabei?«, fragte Phoebe, als Aaron sein Portmonee aus der Tasche zog, um zu bezahlen.

»Ein bisschen was. Für unser Essen reicht's. Aber ein Hotel ist nicht drin, echt nicht.«

»Wenn du länger in Amsterdam bleiben willst, brauchst du doch ordentlich Kohle. Oder willst du betteln gehen?«

Wieder dieser wachsame, verschlossene Blick. Er hatte keine Lust über seine Pläne zu sprechen, das war deutlich zu spüren.

»Muss mir halt schnell einen Job suchen. In einer Bar oder so. Werd schon was finden.«

Warum willst du weg? Phoebe hätte es so gern gewusst, aber die Frage konnte sie sich sparen. Sie wusste genau, dass er ihr nichts verraten würde.

»Sag schon: Wie viel ist es?«, erkundigte sie sich stattdessen und reckte den Hals, um einen Blick in seinen Geldbeutel zu werfen. Sie erspähte ein paar rostrote Fünfziger. Zwei, drei oder vier? Bevor sie es erkennen konnte, hatte er die Geldbörse zugeklappt.

»Genug für den Anfang.«

Genug für eine Fahrkarte nach Deutschland, dachte Phoebe. Wenn Aaron ihr das Geld lieh, dann konnte sie einfach in den Zug steigen, vielleicht bekam sie heute Nacht noch einen.

»Vergiss es.« Aaron schüttelte den Kopf. »Ich kann dir nichts geben. Ich brauch die Kohle, wirklich.«

»Du würdest alles wieder zurückkriegen«, sagte Phoebe. »Gleich am Montag.«

»Wie denn?«, fragte Aaron. »Du bist in Düsseldorf, ich in Amsterdam.«

»Ich schick dir das Geld. Man kann das bei der Post überweisen. Ich zahl es in Düsseldorf ein, du hebst es in Amsterdam ab.«

Er zögerte einen Moment lang. Es war ja auch ein verlockendes Angebot. Er lieh ihr das Geld und war sie damit ein für alle Mal los. Das Problem war nur, die Kohle wieder zurückzubekommen.

»Du kannst mir vertrauen«, sagte Phoebe. »Ich schick dir das Geld gleich übermorgen. Wirklich.«

Wirklich? Auf ihrem Konto herrschte gähnende Leere, ihr

Taschengeld war auch schon ausgegeben, dabei hatte der Monat gerade erst angefangen. Hannah würde ihr nichts mehr leihen, Phoebe hatte noch fünfzig Euro Schulden bei ihr. Und Jesse konnte sie als Geldgeber jetzt auch vergessen.

Egal. Irgendeine Lösung würde sie finden.

»Nein«, sagte Aaron. »Das geht echt nicht. Ich will das durchziehen. Ich muss das durchziehen.«

»Warum willst du denn unbedingt nach Amsterdam?« Nun war es doch raus. Phoebes Neugierde war einfach stärker als alles andere. Aber sie bekam natürlich keine Antwort, genau wie sie es erwartet hatte.

»Ist eben so«, sagte Aaron. Er zerknüllte seine Serviette und warf sie in die leere Pommesschale. »Was hast du denn jetzt vor? Ich meine, wenn du nicht zur Polizei willst?«

»Ich begleite dich«, sagte Phoebe. »Bleibt mir ja gar nichts anderes übrig. Du willst mir doch kein Geld leihen.«

Unbehagliches Schweigen. Vielleicht überlegte er sich das mit der Kohle noch mal.

»Das ist doch Quatsch, Phoebe«, sagte er. »Je weiter du dich von Düsseldorf wegbewegst, desto größer wird dein Problem. Du willst doch am Montag wieder zurück sein. Und ich kann mich wirklich nicht um dich kümmern.«

»Musst du doch auch gar nicht.«

Aaron hatte natürlich Recht. Es ergab keinen Sinn, dass sie ihn begleitete. Sie wollte nicht nach Amsterdam. Sie musste zurück nach Düsseldorf. Aber wie?

»Ich weiß einfach nicht mehr weiter«, gestand sie. »Auf jeden Fall steig ich nicht mehr allein in ein fremdes Auto. Was heute Nachmittag passiert ist, hat mir gereicht. Echt.«

»Warum rufst nicht jemanden an, der dich hier abholt?«

»Mein Handy hat Jesse. Ich hab keine einzige Nummer im Kopf.«

»Die von Charlotte hast du doch auch rausgefunden.«

Auch damit hatte er Recht, wieso war sie nicht selbst darauf gekommen? Lina, die ihr Charlottes Nummer gegeben hatte, kannte auch die von Hannah.

»Gibst du mir dein Handy noch mal?«

Sie schrieb Lina eine SMS. Es war wirklich mühsam, weil Aarons Handy keinen Touchscreen hatte. Stattdessen musste man die einzelnen Buchstaben über das Ziffernfeld eingeben. Dreimal die 2 für ein a, zweimal die 3 für ein e und so weiter.

»Brauch nr v hannah H. Schnell!!!!! DRNGND!!!«, schrieb Phoebe.

Glücklicherweise antwortete Lina sofort und schickte die Nummer.

»Ruf gleich an«, sagte Aaron. »Es ist erst halb zehn, vielleicht kann sie ja heute noch kommen. Dann ersparst du dir die Nacht im Freien.«

»Du kannst es ja nicht erwarten, mich loszuwerden«, sagte Phoebe.

Es dauerte ziemlich lange, bis Hannah dranging. Und dann konnte Phoebe sie kaum verstehen, weil es so laut war.

»Wir sind in der *Nachtresidenz*«, brüllte Hannah. »Und du?«

»Ich bin in Eindhoven«, sagte Phoebe.

»Was? Ich kann dich nicht verstehen!«

»In Eindhoven«, schrie Phoebe. »Kannst du nicht rausgehen? Ich kann hier nicht so rumschreien.«

Der Pommesbudenbetreiber guckte schon so komisch zu ihnen rüber. Sie waren allerdings auch die letzten Gäste und hatten längst aufgegessen.

»Warte mal!« Der Clublärm verschluckte Hannahs Stimme, Phoebe hörte nur noch Bassgewummer und Synthesizergeheule.

»Hannah? Bist du noch dran?« Jetzt wurde die Musik ein bisschen leiser.

»Ich bin jetzt auf dem Klo«, sagte Hannah. »Aber hier ist die Verbindung nicht so gut.«

»Ich kann auch nicht so lange reden. Du musst mir helfen, Hannah.«

»Was gibt's denn?«

»Ich sitz hier in Eindhoven, mitten in Holland. Ohne Handy, ohne Geld, ohne irgendwas. Jesse hat mich an der Raststätte rausgeschmissen, einfach so.«

»Einfach so?«, fragte Hannah. »Was ist denn genau passiert?«

»Das ist jetzt zu kompliziert. Jesse ist … ich glaube, er betrügt mich.«

»Ach Quatsch.«

»Doch. Ich bin mir ganz sicher. Aber ich kann jetzt nicht darüber reden. Ich muss hier weg, Hannah.«

Hannah seufzte. Als hätte sie das Ganze schon geahnt.

»Willst du ihn sprechen?«, erkundigte sie sich dann.

»Wen?«

»Jesse. Wen denn sonst?«

»Ist er bei dir?«

»Nicht hier auf dem Mädchenklo. Aber er ist im Club.«

»Er ist im Club? Tanzen? Als ob nichts passiert wäre?«

Wieder ein Seufzen.

So war das also. Jesse hatte Hannah bereits seine Version der Dinge erzählt. Von Phoebe, die in seinem Handy rumgeschnüffelt hatte und ausgeflippt war, obwohl es überhaupt keinen Grund dafür gab. Und Hannah hatte ihm die Lügen abgekauft. Und jetzt glaubte sie Phoebe kein Wort.

»Er ist echt sauer auf dich«, sagte Hannah. »Ehrlich gesagt …«

»Ehrlich gesagt, was? Hannah, der Typ betrügt mich! Ich hab die SMS gelesen, die er dieser Tussi geschrieben hat. Das waren richtige Liebesbriefe!«

»Mann, Phoebe, du bist total auf dem Holzweg. Ich kenne Tessi. Da ist nichts zwischen den beiden, das ist harmlos.« Hannah machte eine Pause. »Ich find das nicht gut, dass du das mit dem Handy gemacht hast.«

»Was? Sag mal, bist du jetzt komplett …?«

»Wenn du willst, dann sag ich Jesse, dass er dich mal anrufen soll«, unterbrach Hannah sie. »Dann könnt ihr euch mal ausquatschen.«

»Da gibt es nichts zu bequatschen. Wie soll das denn mit uns weitergehen, wenn es schon so anfängt?«

»Das frag ich mich allerdings auch«, sagte Hannah spitz.

»Sag mal, auf wessen Seite stehst du eigentlich?«, schrie Phoebe empört und im selben Moment wurde ihr bewusst, dass Aaron weniger als zwei Meter von ihr entfernt war und jedes Wort ihrer Unterhaltung mitbekam. Nicht nur das, was Phoebe sagte. Hannahs Stimme quäkte so laut aus dem Hörer, dass er auch ihren Part verstand. Phoebe drehte sich erschrocken weg, aber das nützte natürlich nichts, er hörte sie ja trotzdem, und es war sowieso schon viel zu spät.

»Jetzt komm mal wieder runter«, sagte Hannah. »Mich musst du echt nicht anschreien. Ich kann doch nichts für euer Schlamassel.«

Das stimmte auch wieder. Das Ganze war einzig und allein Jesses Schuld. Außerdem war es nicht besonders clever von Phoebe, ausgerechnet Hannah zu verärgern. Sie war die Einzige, die ihr jetzt helfen konnte.

»Sorry«, sagte Phoebe. Und dann leiser: »Könnt ihr mich vielleicht abholen?«

»Ob wir dich … wen meinst du damit? Mich und Jesse?«

»Dich und Simon natürlich. Ich weiß echt nicht mehr weiter. Ich hab kein Geld und kein Telefon …«

»Das geht nicht.« Hannahs Stimme klang plötzlich betreten. »Ich würd dich ja holen, aber Simon … Ich mein, er ist Jesses bester Freund, du kannst dir ja vorstellen, dass er keinen Bock hat …«

»Alles klar«, sagte Phoebe. Ihre Wangen brannten plötzlich, als ob ihr jemand eine Ohrfeige gegeben hätte.

»Geh doch einfach zur Polizei«, sagte Hannah. »Die leihen dir das Geld für den Zug …«

Mehr hörte Phoebe nicht, weil sie aufgelegt hatte.

Sie starrte noch eine Weile auf das Handydisplay, nicht weil es da irgendwas zu sehen gab, sondern weil sie Aarons Blick nicht begegnen wollte.

Aber irgendwann konnte sie es natürlich nicht mehr vermeiden.

Er zuckte mit den Schultern und sah ziemlich ratlos aus.

»Meine Freundin ist echt …« Phoebe unterbrach sich, weil sie merkte, wie ihr die Tränen in die Augen stiegen, aber sie wollte nicht heulen, sie wollte jetzt auf keinen Fall losheulen.

Aaron nickte. Er hatte auch so verstanden.

»Kann ich euch noch was bringen?«, schrie der Imbissbudenbesitzer auf Deutsch. »Oder seid ihr fertig?«

»Zwei Genever«, sagte Aaron.

Schnaps in Eindhoven mit Aaron statt Champagner am Strand mit Jesse. Na dann Prost, dachte Phoebe, während sie eines der Gläschen entgegennahm, die der Pommesmann ihnen servierte.

Aaron

Zum Glück nahm es der holländische Imbissbudenbesitzer mit den Gesetzen nicht so genau wie seine Kollegen in Deutschland. Er fragte gar nicht erst, ob sie volljährig waren. Er brachte ihnen die zwei Genever, und als Aaron ihm ein Zeichen gab, servierte er noch mal zwei.

»Aller guten Dinge sind drei«, sagte Phoebe, die die beiden Schnäpse runtergekippt hatte, ohne mit der Wimper zu zucken.

»Zwei sind genug«, sagte Aaron.

Die Nacht würde anstrengend genug werden, ohne dass sie betrunken waren.

Sie gingen zurück zu dem Haus mit den geschlossenen Rollläden, die glücklicherweise immer noch unten waren.

»Hoffentlich sind die Bewohner nicht nur auf einer Party«, sagte Phoebe. »Was machen wir, wenn sie plötzlich zurückkommen?«

»Die kommen heute nicht zurück«, sagte Aaron. »Und wenn, dann gehen sie bestimmt nicht in den Garten. Sie würden uns gar nicht bemerken.«

Dennoch klopfte sein Herz laut und wild, als sie am Haus vorbei in den Garten schlichen. Es war immer noch sehr mild, richtig schwül, das war gut, sie würden nicht frieren. Und es war dunkel. Am Himmel war kein Mond zu sehen, nur hier und da glitzerte ein verlorener Stern durch die Wolkendecke. Das war auch gut. Je dunkler es war, desto geringer war die Chance, dass sie jemand sah.

Sie balancierten auf der schmalen Mauer entlang, die den Kiesweg von den Blumenbeeten trennte, um auf den Steinen kein Geräusch zu machen, das die Nachbarn hören könnten.

»Wow!«, flüsterte Phoebe, die vor Aaron um die Hausecke bog und im Garten stand. »Guck mal da.«

»Ein Swimmingpool.« Das Wasser im Becken glänzte wie schwarze Seide. Dahinter erkannte Aaron die Umrisse eines Gartenschuppens und einer Hollywoodschaukel.

Auf der Hollywoodschaukel konnte einer von ihnen schlafen. Sie war natürlich ein bisschen kurz, aber besser als der harte Boden. Vielleicht fand sich ja auch noch eine zweite Unterlage für die Nacht.

»Das ist ja traumhaft …«, wisperte Phoebe.

»Was?« Aaron schlich an ihr vorbei zum Schuppen. Abgeschlossen, leider. Aber neben dem Schuppen war ein offener Verschlag, in dem ein Gartentisch und Stühle standen. Und auf dem Tisch stapelten sich die Sitzkissen.

»Bingo«, murmelte Aaron.

»Das ist doch perfekt«, flüsterte Phoebe, die immer noch auf den Pool starrte. »Ich geh jetzt eine Runde schwimmen.«

»Was?« Aaron ließ die Sitzpolster, die er gerade hochgehoben hatte, zurück auf den Tisch fallen. »Also, ich weiß nicht … Wenn das jemand mitkriegt. Und du hast doch …« Gar keine Badesachen dabei, wollte er gerade sagen, als ihm bewusst wurde, wie spießig das klang.

»Du musst dich umdrehen«, sagte Phoebe und kicherte nervös.

Er drehte sich aber nicht um, es war zu albern. Es war so dunkel, dass er sie ohnehin nur schemenhaft erkennen konnte.

Sie stand ein paar Sekunden lang unschlüssig vor dem Becken, dann ging sie an ihm vorbei und verschwand hinter dem Schuppen. Er hörte es in der Dunkelheit rascheln, sie zog sich tatsächlich aus.

Nach ein paar Sekunden huschte sie wieder hervor, ihre Kleider hielt sie als Schutzschild vor sich, er sah nur die Umrisse ihrer langen weißen Beine und die Arme, die die Klamotten umklammerten.

»Nicht gucken«, zischte sie. Sie klang jetzt richtig wütend. Dabei konnte sie in der Dunkelheit doch gar nicht sehen, dass er sie tatsächlich anstarrte. Er drehte sich schuldbewusst um und wollte sie noch warnen, leise ins Wasser zu gehen, damit die Nachbarn nicht doch etwas merkten. Aber bevor er den Mund aufmachen konnte, ertönte ein lautes Platschen in der nächtlichen Stille. Sie war mit einem Kopfsprung ins Becken getaucht.

Er spähte angsterfüllt in die Dunkelheit. Ging in einem der Nachbarhäuser ein Licht an? Kam jemand raus, um nachzusehen, was los war? Zum Glück blieb alles ruhig. Leises Plätschern aus dem Pool. Phoebes Körper hob sich hell von dem dunklen Wasser ab. Dann war sie weg, untergetaucht.

Kühles, frisches Wasser. Aaron merkte auf einmal, wie verschwitzt er war. Die Nacht war so schwül, er würde ebenfalls ins Wasser gehen, beschloss er. Und riss sich die Kleider vom Leib, plötzlich konnte er es gar nicht mehr erwarten. Im Gegensatz zu Phoebe nahm er die Badeleiter.

Sie quietschte leise und erschrocken auf, als er neben ihr auftauchte. »Hast du mich erschreckt!«

»Ganz schön kalt, das Wasser.«

»Du kannst dich ja beim Bademeister beschweren.«

»Der hat Urlaub.«

»Oder er macht blau. Was für ein mieser Service.«

»Dafür ist der Preis okay.«

»Stimmt auch wieder.« Sie tauchte unter und in einiger Entfernung wieder auf.

Er kraulte einmal durchs Becken und tauchte wieder zurück. Es war so dunkel und still unter Wasser, er hörte nur das Blut in seinen Ohren rauschen. Phoebe Huggins und Aaron Schneider, nachts in einem Swimmingpool, und beide waren sie nackt. Wenn ihm das gestern jemand erzählt hätte, er hätte ihn ausgelacht. Wenn ihm das morgen einer erzählte, würde er es selbst nicht mehr glauben.

Sie war so anders als all die anderen Mädchen, die er kannte. Keine hätte sich einfach so ausgezogen und mitten in der Nacht in ein fremdes Schwimmbecken gestürzt. Jedenfalls nicht, wenn ein fremder Junge dabei war.

Vielleicht nahm Phoebe ihn ja gar nicht als männliches Wesen war. Er war ein Neutrum für sie, so unbedeutend, dass es keine Rolle spielte, was er von ihr dachte, wie er sie sah.

Aaron, der Unsichtbare.

Der Gedanke kränkte ihn, war aber auch eine Erleichterung. Sie nahm ihn nicht ernst, also musste er sich auch keine Mühe geben, sie zu beeindrucken.

»Wie wär's mit einem Wettschwimmen?«

Diesmal zuckte er zusammen. Er hatte gar nicht gemerkt, dass sie sich genähert hatte.

»Zu laut«, meinte er.

»Du hast Angst zu verlieren«, spottete sie.

»Quatsch. Ich bin viel schneller als du.«

»Wetttauchen«, sagte sie. »Das ist vollkommen lautlos. Eine Bahn. Wer schneller ist, darf auf der Hollywoodschaukel schlafen.«

Sie gab das Kommando, dann tauchten sie beide unter und schwammen los. Am Beckenboden entlang, wie zwei große Fische, Phoebe und Aaron, die Prinzessin und der Freak. Er gewann, aber nur ganz knapp.

»Mist«, keuchte sie, als sie wieder auftauchte. »Aber wenn wir gekrault hätten, hätte ich dich besiegt.«

»Wieso kannst du so schnell schwimmen?«

»Schwimmverein. Hat mich vier Jahre meiner Kindheit gekostet.«

»Ach, du Arme. Ich hab's gerade mal ein halbes Jahr ausgehalten.« Eigentlich hatte es ihm Spaß gemacht. Aber nach einem halben Jahr war Sabine mal wieder mit ihm umgezogen, für ein Jahr nach Wien oder war das Wiesbaden gewesen? Jedenfalls hatte er das Schwimmen aufgegeben und dafür mit Judo oder Karate angefangen, das er beim nächsten Umzug auch wieder drangegeben hatte.

Phoebe klapperte mit den Zähnen. »Mir ist kalt. Ich geh raus.«

»In meinem Rucksack ist ein Handtuch.«

»Echt? Aber wenn ich mich damit abtrockne, ist es nass.«

»Ist schon okay.« Er tauchte unter, und als er wieder auftauchte, sah er sie aus dem Becken steigen. Ihr nasses Haar ringelte sich über ihren Rücken wie eine Schlange. Dann verschwand sie in der Dunkelheit.

Als er selbst aus dem Becken stieg, hatte sie sich schon wieder angezogen und saß mit angezogenen Beinen auf der Hollywoodschaukel. Er trocknete sich ab, zog sich ebenfalls an und setzte sich neben sie.

»Kalt?«, fragte er.

»Ein bisschen.« Dann schwieg sie.

Er fragte sich, woran sie dachte. Ob sie sich wünschte, dass Jesse neben ihr säße anstatt Aaron? Ob es ihr leidtat, dass sie ihn auf dem Parkplatz so angeschrien hatte?

»Warum habt ihr euch denn eigentlich gestritten?« Kaum hatte er die Frage ausgesprochen, bereute er sie schon. Und ärgerte sich über sich selbst. Es interessierte ihn doch gar nicht. Er wollte nicht über Jesse reden. Und Phoebe wollte es bestimmt auch nicht, jedenfalls nicht mit Aaron.

Ihr Gesicht war ein heller Fleck in der Dunkelheit, er konnte nicht erkennen, ob sie die Stirn runzelte oder die Brauen zusammenzog oder vielleicht sogar weinte. Sie schwieg so lange, dass er mit gar keiner Antwort mehr rechnete.

»Das sag ich dir erst, wenn du mir verrätst, was du in Amsterdam willst.«

»Was ist das? Ein Spiel?«, fragte er zurück.

»Ich bin neugierig. Genau wie du. Also? Erzählst du es mir?«

Warum wollte er nach Amsterdam? Weil er im Schreibtisch seiner Mutter eine Postkarte gefunden hatte, auf der vier Sätze standen. Vier Sätze, die einen Schlussstrich unter sein bisheriges Leben gezogen hatten und seine Pläne zunichtegemacht hatten. Und jetzt machte er eine neue Rechnung auf. Deshalb fuhr er nach Amsterdam. Weil er herausfinden wollte, wer hinter den vier Sätzen steckte. Wer hinter ihm selbst steckte.

»Also gut«, meinte Phoebe, als er schwieg. »Dann fang ich mal an.« Sie schluckte hörbar. »Ich hab Jesses SMS gelesen. Während er mir einen Kaffee geholt hat.«

Aaron nickte, obwohl Phoebe es wahrscheinlich gar nicht sehen konnte.

»Das ist nicht gerade die feine Art«, sagte Phoebe.

»Nein«, sagte Aaron. Er wollte wirklich nicht über Jesse reden. Nicht jetzt. Und später auch nicht.

»Er hat was mit einer anderen«, sagte Phoebe. »Er hat ihr geschrieben, dass er gerne bei ihr wäre, während er mit mir zusammen war.« Ihre Stimme klang plötzlich sehr dünn. Hoffentlich fing sie nicht an zu weinen. Aaron hatte keine Ahnung, was er tun sollte, wenn Phoebe zu weinen begann.

»Aber als du ihn darauf angesprochen hast, hat er alles abgestritten«, sagte Aaron und versuchte dabei so sachlich und ruhig wie möglich zu klingen.

»Vielleicht stimmt es ja auch?«, flüsterte Phoebe. »Vielleicht hatte er wirklich nichts mit ihr. Ich meine, ich schreibe auch viel Mist auf WhatsApp …«

Aaron schwieg. Was erwartete sie von ihm? Dass er Jesse verteidigte? Oder dass er sie in ihrem Verdacht bestärkte?

»Was meinst du?« Ihre Stimme war so leise, dass er sie kaum noch hörte.

»Hm.« Ich trau ihm alles zu, hätte er am liebsten gesagt. Der Typ ist das Letzte, ich kann es nicht fassen, wie man sich in den verlieben kann. »Ich kenn Jesse nicht«, erwiderte er stattdessen.

»Und was meinst du dazu, dass ich in seinem Handy rumgeschnüffelt habe?«, fragte Phoebe. »Das war echt Scheiße, oder?«

»Stimmt«, sagte Aaron. »Man liest keine fremden SMS.« Man las auch keine fremden Briefe. Er dachte wieder an die Postkarte, die in einem Umschlag gesteckt hatte, der an seine Mutter adressiert war. Wenn er sie nicht gelesen hätte, würde er am nächsten Montag zur Schule gehen und in einem Jahr Abitur machen. Wenn Phoebe die Finger von Jesses Handy gelassen hätte, säße sie jetzt mit ihm am Strand.

Phoebe seufzte.

»Jesse ist ein Arschloch«, sagte Aaron.

Schweigen. Phoebe legte den Kopf auf ihre angezogenen Knie und dachte über seine Worte nach – oder über etwas ganz anderes.

Dann hob sie den Kopf.

»Finde ich auch«, sagte sie.

»Warum bist du mit ihm zusammen, wenn du ihn für ein Arschloch hältst?«, fragte Aaron.

»Das hab ich ja erst auf dem Rastplatz rausgefunden«, sagte Phoebe. »Und so, wie's aussieht, sind wir wohl nicht mehr zusammen.«

So, wie's aussieht. Sie ließ es also offen. Wenn Jesse heute Nacht doch noch aufkreuzte, um sie abzuholen, oder wenn er sich morgen oder übermorgen bei ihr entschuldigte, war alles wieder gut. Vergeben und vergessen.

»Warum magst du ihn nicht?«, fragte Phoebe. »Kennst du ihn überhaupt?«

»Gut genug. Wir waren früher mal in einer Klasse.«

»Ach ja, du hast ja mal wiederholt.«

Er nickte. Genug von Jesse. Es reichte. Anderes Thema, und zwar schnell, bitte.

»Okay«, sagte Phoebe, als könnte sie Gedanken lesen. »Wen magst du?«

»Bitte was?«

»Wen magst du gerne?«

»Du meinst – aus unserer Stufe?«

»Überhaupt. Aus unserer Stufe, an unserer Schule. Wer sind deine Freunde? Du hängst immer nur allein rum.«

»Ich hab nicht so viel mit den anderen zu tun.«

»Aber du musst doch irgendwelche Freunde haben?«

Er schwieg. Jolli und Noah. Das waren seine Freunde. Mehr brauchte er nicht.

»Du findest alle blöd und bescheuert«, sagte Phoebe, als Aaron nicht reagierte. »Ist doch so, oder?«

Er zuckte mit den Schultern, obwohl er wusste, dass sie das in der Dunkelheit nicht sehen konnte.

»Wir haben mal zusammen im Schulchor gesungen, weißt du noch?«, fragte Phoebe.

»Was?« Phoebe war auch im Chor gewesen? Er wunderte

sich, dass er sich nicht an sie erinnerte. Das Ganze lag zwar schon drei oder vier Jahre zurück, aber Phoebe war niemand, den man so schnell vergaß. Allein schon wegen ihres Namens.

Sie lachte leise. »Ich hab damals ganz anders ausgesehen. Mann, das war eine schreckliche Zeit für mich.«

Eine schreckliche Zeit. Aaron hätte fast gelacht. Phoebe hatte ja keine Ahnung. Sie hatte man bestimmt nicht an den Haaren gezogen und »Loreley« genannt.

»Warum?«

»Ich sah einfach nur ätzend aus. Ich war größer als alle anderen aus meiner Klasse und total dürr und hatte eine Zahnklammer.«

»Das weiß ich gar nicht mehr, tut mir leid.«

»Aber ich erinnere mich an dich. Du hast so schön gesungen, Herr Weitkamp war total begeistert von dir. Und mich hätte er am liebsten rausgeschmissen, weil ich den Ton nicht halten konnte.« Phoebe kicherte.

»Echt?«

»Echt.«

»Aber heute ist es nicht mehr so«, sagte Aaron. »Heute siehst du gut aus und bist beliebt und angesagt.«

»Weil ich mich verändert habe. Ich wollte nicht mehr uncool und allein sein. Die Streberin, die immer die besten Noten schreibt, aber nie dabei ist, wenn eine Party steigt.«

»Kann man das? Sich einfach ändern und dann ist man beliebt?«

»Ich hab hart an mir gearbeitet.«

»Ist das ein Tipp für mich?«, fragte Aaron. »Meinst du, ich sollte auch hart an mir arbeiten? Damit ich genauso angesagt bin wie du?«

»Na ja«, sagte Phoebe.

Aaron lachte. »Warum sollte ich das tun? Was hab ich davon?«

»Freunde?«

»Du meinst, Typen wie Jesse, der hinter deinem Rücken mit einer anderen rummacht? Oder Hannah, die keinen Finger krumm macht, um dir zu helfen? Nein, danke, solche Freunde brauch ich nicht.«

Phoebe seufzte. »Da hast du auch wieder Recht. Aber ich fühl mich heute einfach tausendmal besser als damals.«

»Ich fühl mich auch gut«, sagte Aaron.

»Also schön«, sagte Phoebe. »Lassen wir das. Reden wir lieber mal über die wichtigen Dinge. Raus mit der Sprache: Warum willst du nach Amsterdam?«

Als das Gewitter begann, waren sie gerade eingeschlafen. Phoebe auf der Hollywoodschaukel, Aaron auf den Sitzkissen, die er auf dem Rasen ausgebreitet hatte, obwohl er das Wettschwimmen gewonnen hatte. Aber die Hollywoodschaukel war einfach zu klein für ihn. Im Traum sang er im Schulchor. Er stand mit den anderen Kindern auf einer großen Bühne, und im Publikum saß Jesse mit Phoebe, und beide zeigten auf ihn und lachten. Da blickte Aaron an sich herunter und sah, dass er nackt war.

Als er die Augen aufschlug, durchzuckten Blitze den Garten, die Baumwipfel und Büsche wurden vom Sturm hin- und hergeschleudert und dann prasselten die ersten Regentropfen auf den Boden.

»Phoebe?« Er rannte zur Hollywoodschaukel. Sie schlief tief und fest und so friedlich, dass es ihm fast leidtat, sie zu wecken. Als er sie an der Schulter berührte, sah sie ihn verwirrt an. »Was?«

»Ein Gewitter. Wir müssen uns unterstellen. Komm, beeil dich.«

Er zerrte die Sitzkissen in den Verschlag neben dem Schuppen, sie folgte ihm schlaftrunken. Aber als ein weiterer Blitz den Garten taghell erleuchtete, gefolgt von einem ohrenbetäubenden Donnerschlag, war sie hellwach.

»Oh Gott!« Sie flüchtete sich in den hintersten Winkel des Verschlags. »Was geht denn hier ab?«

»Das wirkt schlimmer, als es ist.« Die Regentropfen hämmerten wie Fäuste auf das Dach des Schuppens. »Ist gleich vorbei!«

»Hoffentlich.«

Er breitete die Sitzkissen auf dem Boden aus, ließ sich darauf nieder und sie kauerte sich neben ihn.

»Was ist, wenn der Blitz hier einschlägt?«, fragte sie. »Ist das nicht total gefährlich?«

Er hatte sich gerade dasselbe gefragt, aber nun schüttelte er den Kopf. »Das Haus ist doch viel höher als der Schuppen. Das zieht eher den Blitz an – und hat einen Blitzableiter.« War das wirklich so? Er hatte keine Ahnung. Er wusste nur, dass sie keine Wahl hatten.

Ein neuer Donner krachte so laut, dass ihm unwillkürlich ein Schrei entfuhr, aber zum Glück ging dieser in dem Getöse unter. Die Bäume bogen sich im Sturm. Hoffentlich wurde keiner von ihnen umgerissen und landete auf dem Gartenhäuschen. Das Dach würde sofort nachgeben und einstürzen.

»Das ist ja Horror!«, kreischte Phoebe.

»Keine Angst«, brüllte Aaron und dann legte er seinen Arm um sie und zog sie an sich. Er fürchtete, dass sie ihn wegstoßen würde, aber das tat sie nicht. Im Gegenteil, sie rückte noch näher an ihn heran und drückte sich an ihn.

Spätestens morgen würde sie es bereuen, das war ihm jetzt schon klar. Sie würde sich fragen, warum sie sich so hatte gehen lassen, und sich über Aaron ärgern und über sich selbst.

Aber was kümmerte es ihn, was morgen war? Jetzt lag sie erst mal in seinem Arm. Er roch den Schwimmbadchlorgeruch, der von ihrem Zitronenhaar aufstieg, und streichelte ihre weiche, kühle Haut. Und es fühlte sich ganz und gar richtig an.

»Gleich ist es vorbei«, flüsterte er.

Aber das stimmte nicht, das Gewitter nahm kein Ende,

sondern legte jetzt erst richtig los. Es steigerte sich zu einem wilden Toben und Wüten, auf jeden Blitz folgte sofort der Donner, dann ein neuer Blitz und wieder ein Donner. In dem gespenstisch flackernden Licht wirkten die Bäume wie Riesen, die wild um sich schlugen. Der Orkan brachte das Wasser im Pool zum Schäumen. Zweige, Laub und Staub wirbelten durch den Garten und in den Verschlag, Regentropfen sprühten zu ihnen herein. Phoebe wimmerte leise und vergrub ihr Gesicht an Aarons Schulter. Er streichelte ihre Haare und konnte gleichzeitig nicht fassen, dass sie ihm so nahe war.

Irgendwann war es vorbei. Das Unwetter legte sich genauso plötzlich, wie es aufgekommen war und Phoebe rückte sofort ein Stück von ihm weg.

»Wow!«, sagte er. »Das ging aber schnell.« Und wusste selbst nicht so genau, was er damit meinte.

»Das war schrecklich«, flüsterte sie. »So was hab ich ja noch nie erlebt.«

»Wir haben Glück gehabt, dass die Hütte nicht eingestürzt ist.«

»So ein Mist. Wenn ich einmal in meinem Leben im Freien übernachte, muss es so einen Sturm geben. Das ist doch nicht zu fassen.«

»Ist doch gut jetzt. Ist doch nichts passiert.« Außer dass Phoebe sich an ihn geklammert hatte, als wären sie ein Liebespaar.

»Ich dachte, die Welt geht unter«, wisperte sie. Und dann: »Danke.«

»Wofür?«

»Dass du so cool geblieben bist. Dass du mich festgehalten hast.« Ihre Stimme war so leise, dass er sie kaum verstand.

»Nichts zu danken«, sagte er. Und hätte gerne hinzugefügt, dass sie sich nicht dafür schämen müsse, heute nicht und morgen auch nicht. Weil keiner es je erfahren werde. Aber er fand die Worte nicht, also schwieg er.

Die Hollywoodschaukel war jetzt tropfnass und auf dem Rasen stand das Wasser, deshalb legten sie sich nebeneinander auf die Sitzkissen im Verschlag, und so schliefen sie ein.

Phoebe

Ein Sonnenstrahl bohrte sich durch eine Ritze in der Schuppenwand und kitzelte Phoebe an der Nase. Davon wachte sie auf.

Der Garten glich einem Schlachtfeld. Blätter, abgerissene Zweige und Äste bedeckten den Rasen. Das Schilf und die hohen Gräser, die den Gartenweg säumten, waren umgeknickt, und die Stauden und Blumen in den Beeten lagen kreuz und quer.

Am Rand des Swimmingpools stand ein Mann und starrte auf Aarons Handtuch, das auf dem Boden des Beckens schwamm. Er hatte Phoebe noch nicht entdeckt, vermutlich war er gerade erst in den Garten gekommen.

Ohne den Blick von ihm zu wenden, tastete sie nach Aaron, der immer noch selig schlief. Er grunzte leise und wehrte ihre Hand ab.

»Wach auf!«, flüsterte sie und rüttelte ihn an der Schulter, da schlug er die Augen auf. Als er ihr Gesicht sah, richtete er sich erschrocken auf, und diese Bewegung machte den Mann auf die beiden Eindringlinge aufmerksam.

»Ha!«, entfuhr es ihm entsetzt.

Aaron hob schlaftrunken beide Hände, als ob er sich ergeben wollte.

»*Wat doen jullie hier?*« Der Typ wich ein paar Schritte zurück und kniff die Augen zusammen. »*Dit is een privéterrein.*«

»Pardon«, sagte Phoebe. »Tut mir wirklich leid, aber ...«

»Ihr seid Deutsche?«, fragte der Mann. »Was macht ihr in meinem Garten?«

»Also ... äh ...« Phoebe strich sich die Haare glatt und stand auf. Ganz langsam. Bloß keine schnellen Bewegungen, sie wollte den Typ ja nicht reizen. »Es ist nämlich so ...«

»*Geertje*«, rief der Mann, ohne sich dabei umzudrehen. »*Geertje, kom eens naar buiten.*«

In Phoebes Kopf lief ein Film ab. Der Mann würde die Polizei rufen und die brachte Aaron und Phoebe zurück nach Düsseldorf. Die Niederländer würden sie bis zur Grenze fahren und dort ihren deutschen Kollegen übergeben. Wenn sie Pech hatten, bekamen sie obendrein noch eine Anzeige wegen Hausfriedensbruch.

»*Wat is hier aan de hand?*« Jetzt trat eine dicke Frau aus dem Haus, die Phoebe und Aaron noch finsterer und misstrauischer musterte als ihr Mann.

»*Inbrekers*«, sagte der Mann. Und fügte dann noch ein paar holländische Worte hinzu, die Phoebe nicht verstand.

»*Dit is echt ongelooflijk!*« Seine Frau schüttelte empört den Kopf.

»Warten Sie!« Phoebe kam langsam und mit erhobenen Händen aus dem Verschlag. »Es ist nicht so, wie Sie denken.« Sie holte tief Luft und versuchte vertrauenserweckend zu lächeln. Das war alles andere als einfach, weil sie nämlich am ganzen Körper zitterte. »Mein Freund und ich sind letzte Nacht von dem Gewitter überrascht worden. Wir waren gerade auf dem Weg ins Hotel, da ging es los. Es war so schrecklich! Wir haben überall geklingelt, aber niemand hat uns aufgemacht. Da sind wir in Ihren Garten geflüchtet.«

Sie drehte sich zu Aaron um, der erschrocken nickte. »Genau«, sagte er. »Wir wollten ... ich meine, wir hatten einfach nur Angst.«

»Wir haben nichts kaputt gemacht oder so«, sagte Phoebe und hoffte inbrünstig, dass die beiden Hausbesitzer Deutsch sprachen. Wenn sie sie nämlich nicht verstanden, dann war alles zwecklos.

»*Wat heeft ze gezegd?*«, fragte die Frau, deren Gesicht in der Zwischenzeit noch finsterer geworden war.

Der Mann übersetzte, ohne den Blick von Phoebe zu wenden. Vielleicht befürchtete er, dass sie ganz plötzlich über den Pool hechten könnte, um ihn zu attackieren.

Zu ihrer Erleichterung begann sich die Miene der Frau aber mit jedem seiner Worte aufzuhellen, und als er fertig war, hatte sich ein sonniges Lächeln auf ihrem Gesicht ausgebreitet. »*Och, zo zit dat in elkaar*«, rief sie. »*Wat vervelend!*«

Danach redete sie in maschinengewehrschnellem Niederländisch auf ihren Mann ein, winkte Aaron und Phoebe noch mal freundlich zu, drehte sich um und verschwand im Haus.

Der Mann starrte sie noch eine Weile lang schweigend an, vermutlich dachte er darüber nach, ob er nicht doch lieber ein Gewehr holen sollte. Aber dann nickte er zweimal hintereinander. »Kommt rein!«, rief er ihnen zu. »Es gibt jetzt erst mal Frühstück.«

Das Leben war so schön. Wenn man in einem sonnigen, warmen, trockenen Wohnzimmer saß und eine große Tasse Milchkaffee in den kalten Händen hielt, und vor einem stand ein Teller mit Weißbrot und buntem Hagelslag.

Keine Polizei, keine Anzeige, kein Stress.

Sofern man davon absah, dass Geertje die ganze Zeit auf Niederländisch auf sie einredete, obwohl sie doch inzwischen gemerkt haben musste, dass Phoebe und Aaron sie nicht verstanden. Hin und wieder übersetzte ihr Mann Piet ein paar Sätze. »Wir waren in Zeeland«, sagte er. Und: »Wir wollten eigentlich viel früher zurückkommen.«

Dieser Satz brachte Phoebe dann doch ins Schwitzen. Weil sie sich plötzlich vorstellte, wie Piet und Geertje sie beim Wetttauchen im Swimmingpool überraschten. Wahrscheinlich hätten die beiden sie dann nicht zum Kaffee eingeladen.

»Ach übrigens«, sagte Piet jetzt. »Da liegt ein Handtuch im Pool. Gehört das euch?«

Phoebe und Aaron wechselten einen schnellen Blick und zuckten beide gleichzeitig mit den Schultern. »Ein Handtuch?«, fragte Aaron. »Nein, wir haben keines verloren. Vermutlich der Wind ...«

»*Wat een onweer*«, sagte Geertje und sah Phoebe dabei sorgenvoll an. »*Waren jullie niet vreselijk bang?*«

»Was?«

»Angst?«, übersetzte Piet. »In der Nacht.«

»Na ja«, sagte Aaron. »Das war schon gruselig.«

»Zum Glück waren wir zu zweit«, sagte Phoebe. Und das stimmte: Wenn Aaron sie nicht festgehalten und beruhigt hätte, wäre sie vor Panik durchgedreht. Sie fragte sich, ob Jesse in einer solchen Situation genauso cool geblieben wäre.

Schwer vorstellbar. Wahrscheinlich wäre er vor Sorge ausgeflippt, dass der Sturm sein schönes Auto beschädigen könnte. Ein Kratzer im Lack, was für eine entsetzliche Vorstellung!

Jesse. Hannah hatte ja Aarons Nummer und hatte Jesse garantiert erzählt, dass Phoebe sich bei ihr gemeldet hatte. Vielleicht hatte er in der Nacht versucht, sie zu erreichen, und sie hatten das Klingeln nicht gehört. Sie musste Aaron fragen, ob er angerufen hatte.

Träum weiter, sagte eine spöttische Stimme in ihrem Hinterkopf. Er hat nicht angerufen, der denkt nicht mal dran. Für den bist du längst Vergangenheit.

Jetzt erst wurde ihr bewusst, wie still es mit einem Mal am

Tisch war. Und dass Geertje, Piet und Aaron sie erwartungsvoll ansahen.

»Entschuldigung«, stammelte Phoebe. »Ich hab nicht richtig zugehört.«

»Piet hat gefragt, ob er uns irgendwohin bringen kann«, sagte Aaron. »Wär doch gut, wenn er uns zum Bahnhof fährt, oder?«

»Zum Bahnhof?«, fragte Phoebe verständnislos. »Willst du jetzt doch mit dem Zug nach Amsterdam?«

Er schüttelte den Kopf. »Es ist wegen dir. Ich hab mir's überlegt. Du kannst das Geld für die Fahrkarte haben. Tut mir leid, dass ich mich gestern deswegen so angestellt habe.«

Wie verlockend. Zwei Stunden und sie wäre zu Hause. Und könnte duschen und ausschlafen und sich Gedanken darüber machen, wie sie Aaron das Geld für das Ticket zurückzahlen wollte. Und Aaron würde sich allein durchschlagen.

Angeblich wollte er einen Kumpel besuchen, der seit Kurzem in der Nähe von Amsterdam lebte. Das hatte er Phoebe gestern Nacht erzählt, aber das war nicht alles, da war sie sich ganz sicher. Sie wusste, dass Aaron wild entschlossen war, die Schule abzubrechen und nach Amsterdam zu ziehen. Und alles nur wegen eines alten Freundes? Vielleicht war der Freund ja in Wirklichkeit eine Freundin, in die Aaron sinnlos verliebt war, dachte Phoebe. Das würde auch erklären, warum er Phoebe nun unbedingt zum Zug bringen wollte.

»Nee«, sagte Phoebe.

»Was nee?«

»Ich hab's mir überlegt. Ich will gar nicht mehr zurück. Ich komm mit dir.«

»Was?« Aaron klang so entsetzt, dass Geertje und Piet einen erstaunten Blick wechselten. »Aber du weißt doch, dass ich ... diesen Freund besuche. Was willst du denn da?«

»Dasselbe wie du: Spaß. Außerdem würd ich den Typ gerne mal kennenlernen.«

»Ich ... äh ...« Jetzt fiel auch Aaron auf, wie neugierig Geertje und Piet sie ansahen. »Das müssen wir nicht gerade jetzt diskutieren.«

»Das müssen wir gar nicht diskutieren. Ich komme mit und damit basta.«

»Basta«, wiederholte Geertje und strahlte Phoebe mit verschwörerischem Lächeln an. Das Wort hatte sie offensichtlich verstanden. *»Dat is goed. Laat je niet overrompelen.«*

Piet verdrehte genervt die Augen.

»Dat is toch zo«, sagte Geertje.

Piet brachte sie zu der nächsten Raststätte auf der Autobahn nach Amsterdam. Und fragte sie auf dem Weg bestimmt zwanzig Mal, ob sie nicht vielleicht doch lieber beide den Zug nach Amsterdam nehmen wollten. »Ist viel sicherer«, sagte er. »Man weiß doch nie, wer einen mitnimmt.«

Phoebe dachte an Mike und Ruud und den BMW und schauderte.

»Wir sind doch zu zweit«, sagte sie. »Da passiert schon nichts.«

Auf dem Parkplatz wollte Piet ihnen unbedingt fünfzig Euro schenken. »Reisegeld«, sagte er. »Das könnt ihr doch brauchen.« Er steckte den Schein erst wieder ein, als Aaron richtig sauer wurde.

Sie mussten ihm aber versprechen, dass sie ihn sofort anrufen würden, wenn sie in Amsterdam angekommen waren. »Geertje macht sich sonst Sorgen.« Außerdem mussten sie feierlich geloben, dass sie auf sich aufpassten und sich niemals trennten und von nun an nicht mehr im Freien, sondern nur noch im Hotel übernachten würden.

»Ob die beiden Kinder haben?«, fragte Phoebe, als er endlich abgefahren war. »Puh, die tun mir wirklich leid. Wenn die sich schon um Wildfremde solche Sorgen machen, dann ist es für die eigenen Kinder bestimmt unerträglich. Die sind ja noch schlimmer als meine Eltern.«

»Noch schlimmer? Na, immerhin lassen dich deine Eltern allein nach Holland.«

»Die wissen doch gar nicht, dass ich hier bin. Sie sind gerade in den USA.«

»Sie fahren ohne dich in Urlaub? Das würden Piet und Geertje bestimmt nicht machen.«

»Es ging nicht anders. Meine Großmutter wohnt in Amerika, sie ist krank. Sie mussten sie besuchen. Aber vorher musste ich ihnen tausendmal versprechen, dass ich schön lerne und keinen Blödsinn mache und sie jeden Tag anrufe …«

»Klappt ja super«, sagte Aaron.

»Wenn mein Vater wüsste, dass ich hier bin, würde er ausflippen.«

»Wenn du den Zug nach Düsseldorf genommen hättest, hätte er es nie erfahren. Warum wolltest du nicht zum Bahnhof? Gestern warst du noch ganz heiß darauf …«

»Gestern war ich auch noch heiß auf Jesse. Hat er übrigens mal angerufen?«

Aaron zog sein Handy aus der Tasche und checkte seine Anruferliste. »Nichts. Aber der Akku ist fast leer.«

»Na, dein Guthaben ist ja auch beinahe alle, da passt doch eins zum anderen.«

»Lenk jetzt nicht ab. Warum willst du nicht nach Hause?«

»Hab ich doch schon gesagt. Ich bin neugierig auf deinen Freund. Der muss ja was ganz Besonderes sein. Ich meine, wenn du dich dazu herablässt, ihn zu mögen.«

»Ich versteh überhaupt nicht, was das jetzt soll«, sagte Aaron.

»War 'n Scherz. Nee, im Ernst, ich will jetzt einfach noch nicht zurück. Meine Eltern sind nicht da, ich bin ganz allein zu Hause. Und ich hab keinen Bock auf Hannah und die anderen. Jesse hat bestimmt allen erzählt, was für eine Zicke ich bin und dass ich seine SMS gelesen habe …«

»Na und?«, sagte Aaron. »Die vergessen das auch wieder. In ein paar Wochen interessiert sich keiner mehr für den Mist.«

»Aber ich vergesse es nicht«, sagte Phoebe. »Hannah ist meine beste Freundin. Jedenfalls hab ich das bisher geglaubt. Und nun knickt sie beim ersten Problem ein und hält zu Jesse anstatt zu mir. Das ist doch …«

»Trotzdem«, sagte Aaron. »Du kannst nicht mitkommen, wirklich nicht. Jolli ist nicht dein Typ, ich meine, der ist ganz anders drauf als …«

»Ist doch egal«, unterbrach ihn Phoebe. »Wir werden uns schon verstehen. Ich komm eigentlich mit allen klar.«

Er zog missmutig die Augenbrauen zusammen.

»Oder ist da noch was? Willst du gar nicht zu diesem Jolli? Hast du in Wirklichkeit was ganz anderes vor? Kannst es mir schon sagen, ich hab dir ja auch alles erzählt.«

»Phoebe«, versuchte es Aaron noch einmal. »Ich find dich echt nett. Ich meine, du bist … ganz anders, als ich immer gedacht habe. Aber ich muss das allein durchziehen, ich kann dich in Amsterdam einfach nicht brauchen. Sorry, wenn ich dir das so ins Gesicht knalle …«

»Kein Problem«, sagte Phoebe. »Wirklich nicht.«

»Das ist gut«, sagte Aaron erleichtert. »Dann müssen wir jetzt nur noch schauen, wie du von hier zum Bahnhof kommst …«

»Wieso zum Bahnhof?«, fragte Phoebe unschuldig. »Ich

komm mit, Aaron. Ich muss mit. Ich hab Piet schließlich versprochen, auf dich aufzupassen.«

Aaron fuhr sich mit beiden Händen durch die Haare, es sah aus, als wollte er sie ausreißen. »Das gibt's doch nicht«, stöhnte er so laut, dass sich der halbe Rastplatz nach ihm umdrehte. »Das kann doch einfach nicht wahr sein! Warum tust du mir das an, Phoebe?«

Warum tat sie ihm das an, fragte sich auch Phoebe selbst. Warum klebte sie wie eine Klette an Aaron, den sie vor vierundzwanzig Stunden noch absolut ätzend gefunden hatte?

Er interessierte sie. Sie wollte herausfinden, was er vorhatte. Was er verbarg. Wer er war.

Sie wollte ihn kennenlernen.

»Ich will dich kennenlernen«, sagte sie laut.

Er sah sie an, die Augen misstrauisch zusammengezogen, und fragte sich, ob sie sich über ihn lustig machte oder ob sie das ernst meinte. Ich will dich kennenlernen.

Dann schüttelte er den Kopf. »Bitte, Phoebe«, begann er und unterbrach sich, weil er merkte, dass jedes weitere Wort sinnlos war. Wenn er sie loswerden wollte, musste er sie niederschlagen oder eigenhändig der Polizei übergeben.

»Wir müssen einen Fahrer finden, der uns mitnimmt«, sagte er. »Richtung Amsterdam. Du fragst bei den Autos hier nach, ich fang da hinten an.«

Zum ersten Mal auf ihrer Reise hatten sie Glück. Der Mann, bei dem sie einstiegen, war weder verrückt noch übermüdet, er grapschte weder Phoebe noch Aaron an und führte auch keine Selbstgespräche.

Nach knapp zwei Stunden waren sie in Amstelveen, er fuhr sogar noch von der Autobahn runter und ließ sie an einer Tankstelle an der Landstraße raus. Dort nahm sie ein anderer Fahrer ins Stadtzentrum mit.

»Ich hoffe, du hast die Adresse von diesem Lolli«, sagte Phoebe.

»Jolli«, sagte Aaron. »Natürlich hab ich die Adresse. Ich bin doch nicht so kopflos wie du.« Er holte sein Handy raus und rief an.

»Wir sind jetzt da«, erklärte er ein paar Sekunden später. »In der Innenstadt.« Er blickte sich suchend um. »Bahnhofsnähe.«

»Bus Nummer 9«, erklärte er, nachdem er wieder aufgelegt hatte. »Jolli wartet schon auf uns.«

»Wie heißt der eigentlich richtig?«, fragte Phoebe, als sie im Bus saßen.

»Keine Ahnung«, sagte Aaron. »Ich hab auch keinen blassen Schimmer, warum er Jolli genannt wird.«

»Und du kennst ihn aus Frankfurt? Wart ihr zusammen in einer Klasse?«

»Nee.« Aaron schüttelte den Kopf, als wäre das eine ganz absurde Vorstellung. »Ich weiß gar nicht mehr, wie wir uns kennengelernt haben.« Er zögerte einen Moment lang. »Ich hab dir das ja schon gesagt: Jolli ist echt … speziell.«

»Geht das auch konkreter?«, fragte Phoebe. »Was soll das denn heißen: speziell? Hat er zwei Köpfe oder drei Augen?«

Aaron antwortete nicht, sondern kaute nur gedankenverloren an seinem Zeigefingernagel.

»Ist ja auch egal«, sagte Phoebe. »Ich seh ihn ja gleich.«

Konzentriertes Nagen. Keine Antwort.

»Weißt du denn, ob wir da pennen können?«, erkundigte sie sich.

Aaron fuhr zusammen. »Was? Keine Ahnung. Jetzt warte doch einfach mal ab. Wir müssen hier raus.«

Jolli wohnte in der Nähe der Universität in einer abscheulichen Gegend. Mietskasernen aus den Sechzigern, die Fassaden dunkelbraun verklinkert. Balkons mit orange lackiertem Geländer stapelten sich übereinander. Satellitenschüsseln anstelle von Blumenkästen. Und zwischen den Häusern verrottete Sandkästen voller Hundedreck.

»Hübsch«, meinte Phoebe.

Aaron ignorierte die Bemerkung. Er fragte einen alten Mann nach der Adresse, aber der Typ hob nur hilflos die Arme und schlurfte weiter. »Kann wohl kein Englisch«, murmelte Aaron.

»Vermutlich auch kein Niederländisch«, sagte Phoebe. »Warum rufst du diesen Rolli nicht einfach noch mal an und sagst ihm, dass wir da sind?«

»Akku ist leer«, sagte Aaron.

»So ein Mist. Dann sag mal die Adresse. Kann ja wohl nicht so schwer sein, die zu finden.«

Aber bevor Aaron antworten konnte, näherte sich ihnen ein langer, schlaksiger Typ, der seine Haare zum Dutt gebunden hatte, die Schläfen waren kahl rasiert.

»Sucht ihr hier irgendwas?«, fragte er auf Deutsch.

Phoebe nickte. Aaron hob die Hand und schlug mit der Faust gegen die des Duttmanns. »Hi, Jolli! Alles klar?«

»Bei mir schon.« Der Typ sah Phoebe an. »Und bei dir? Wer ist das denn? Ich wusste gar nicht, dass du jemanden mitbringst.«

»War mir auch neu«, sagte Aaron. »Das ist Phoebe.«

»Fibi?«, fragte Jolli und zog die Augenbrauen hoch.

»Fast so schön wie Jolli«, sagte Phoebe und verwünschte ihren Namen mal wieder.

Der Typ runzelte die Stirn. »Wie heißt ’n du richtig?«

»Und du?«, fragte Phoebe zurück.

Jolli sah Aaron vorwurfsvoll an. »Wie ist die denn drauf? Seid ihr zusammen oder was?«

»Lebst du hier auf der Straße oder was?«, fragte Aaron zurück.

»Nö. Wieso?«

»Sollen wir nicht einfach mal reingehen?«

»Klar.« Jolli nickte begeistert. »Ich hab eine krasse Überraschung für dich. Das haut dich um.«

Aaron

Phoebe war so neugierig. Sie wollte alles wissen: warum er nach Amsterdam wollte, wie er Jolli kennengelernt hatte, was für ein Typ Jolli war. Was für ein Typ er selbst war. Das interessierte sie am meisten. Aber Aaron verriet nichts. Sie würde ihn sowieso nicht verstehen.

Natürlich erinnerte er sich noch genau daran, wie er und Jolli sich kennengelernt hatten. Noah hatte sie einander vorgestellt.

Noah war in Frankfurt in Aarons Klasse gegangen. Allerdings nur sehr selten. Meistens kam er morgens nicht aus dem Bett, weil er die ganze Nacht lang auf den Beinen gewesen war. Zusammen mit Jolli.

Die beiden spielten in einer Punkband. *Smiling Death* war in ganz Frankfurt bekannt, na ja, jedenfalls bei den Leuten, die so was hörten. Als Noah mitkriegte, dass Aaron Gitarre spielte, überschlug er sich fast vor Begeisterung. »Du machst bei uns mit«, erklärte er. »Wir brauchen noch einen Gitarristen. Und einen Leadsänger.«

»Du weißt doch noch gar nicht, wie ich spiele«, wandte

Aaron ein. »Und ob ich singen kann.« Aber das interessierte Noah genauso wenig wie den Rest der Band. Musik war für sie keine Frage des Talents, sondern des Willens. Man stellte sich auf die Bühne, malträtierte sein Instrument und brüllte dazu aus Leibeskräften. Musikalische Vorkenntnisse waren da genauso hinderlich wie Geschmack.

Die Musik war grauenvoll, keiner der Musiker beherrschte sein Instrument oder konnte Noten lesen, trotzdem stieg Aaron sofort bei der Band ein. *Smiling Death* probten nie, aber sie traten oft auf, weil sie ohne Honorar spielten, nur für Freibier oder was sonst noch so raussprang. Ihre Gigs begannen immer erst um Mitternacht oder später, und nach kurzer Zeit hatte auch Aaron große Schwierigkeiten, morgens aus dem Bett zu kommen. Im Unterschied zu Noah, dessen Mutter längst resigniert hatte, hörte Sabine aber nicht auf, ihn zu schütteln und zu rütteln und zu nerven, sodass Aaron nichts anderes übrig blieb, als aufzustehen. Aber sobald er in der Schule war, setzte er sich auf seinen Platz in der letzten Reihe und schlief sofort wieder ein.

Jolli spielte Bass, obwohl er nur drei Akkorde beherrschte. Er ging nicht mehr zur Schule. Aaron hatte keine Ahnung, was er den ganzen Tag machte oder wovon er lebte. Er wusste nicht einmal genau, wo Jolli wohnte. Sie trafen sich eigentlich immer in ihrem versifften Proberaum oder in irgendwelchen Punkläden.

Kurz bevor Aaron und Sabine zurück nach Düsseldorf

gezogen waren, hatte Jolli seinen Freunden eröffnet, dass er nach Amstelveen ziehen würde. Er verriet allerdings nicht, was er dort vorhatte. »Vermute mal, dass er einen Coffeeshop aufmacht«, meinte Noah. Aber auch er wusste nichts Genaues.

Aaron war sich sicher gewesen, dass der Kontakt zu Jolli und Noah sofort abreißen würde, wenn sie nicht mehr in derselben Stadt wohnten. Keiner von ihnen war der Typ, der Mails oder SMS schreibt oder ständig seine Statusmeldungen auf Facebook aktualisiert. Aber zu seiner Überraschung hatte sich Jolli nach dem Umzug ein paarmal bei Aaron gemeldet.

Komm doch mal vorbei, schrieb er. Wär doch geil, wenn wir uns mal wieder sehen würden.

Und jetzt war es so weit. Jolli führte Phoebe und Aaron durch einen dreckigen Hausflur in ein hässliches Apartment im zweiten Stock. Im Flur lag ein grauer Teppich, der wohl einmal bunt gewesen war. An den Wänden vergilbte Velourstapeten, neben der Tür hing ein Puzzlebild, das bestimmt nicht Jolli zusammengeklebt und aufgehängt hatte. Wem gehörte die Wohnung? Wohnte er hier zur Untermiete oder bei einem Bekannten?

»Hier geht's lang.« Jolli schob sich an Phoebe und Aaron vorbei und öffnete am Ende des Flurs eine Tür. »Tatataaa!«

Durchdringender Cannabisgeruch schlug ihnen entgegen und brachte sie alle drei zum Husten. Aus irgendeinem Grund waren in dem Zimmer die Rollläden runtergelassen. Nur eine Schreibtischlampe leuchtete wie ein kleines Nebellicht durch die Rauchschwaden. Aus einer Stereoanlage dröhnte der dumpfe Sound von *Smiling Death.* Keine professionelle Aufnahme, sie waren nie im Studio gewesen, es war ein Livemitschnitt von einem Gig.

»Was ist denn hier los?«, schrie Jolli und schaltete die Deckenlampe an. »Wieso is 'n das Licht aus?«

Auf einem Sofa auf der Wand saßen zwei Mädchen und ein Junge, der einen riesigen Joint in der Hand hielt.

»Die Scheißsonne blendet so«, jammerte er. »Und das Licht auch. Mach es wieder aus, komm schon.«

»Noah!«, rief Aaron. »Was machst du denn hier?«

Noah reichte den Joint an seine Nachbarin weiter, stand auf und breitete beide Arme aus. »*Surprise, Surprise!*« Er grinste über das ganze Gesicht.

»Er ist extra wegen dir hergekommen«, brüllte Jolli.

»Ganz spontan!« Noah haute Aaron auf die Schulter. Dann drehte er sich zu den beiden Mädchen auf dem Sofa. »Darf ich vorstellen: Das ist *my man Aaron.* Der beste Kumpel der Welt. Abgesehen von Jolli natürlich.« Noah klang ziemlich bekifft. Die beiden Mädchen kicherten, sie hatten wohl ebenfalls schon einiges geraucht. Eine große Blonde und eine etwas kleinere Dunkelhaarige mit schwarzen Mandelaugen. Sehr hübsch, alle beide.

»Das ist ja ein Ding!«, rief Aaron. Im selben Moment drehte Jolli die Musik leise, sodass der Satz viel zu laut durch den Raum gellte.

Jetzt also auch noch Noah. Und die beiden Mädchen. Jolli hätte ihm eigentlich gereicht.

»Da freust du dich, was?«, fragte Noah, aber dabei sah er nicht Aaron an, sondern Phoebe. Mit dem gleichen Blick, mit dem auch Jolli sie angesehen hatte. Neugierig und ein bisschen aufdringlich.

Aaron wurde immer nervöser. Jolli und Noah und Phoebe, das konnte nicht gut gehen, das würde einfach nur schrecklich werden. Wenn Phoebe doch bloß auf ihn gehört hätte und nach Hause gefahren wäre! Sie passte nicht hierher, sie passte nicht zu Jolli und Noah. Die beiden waren viel zu fertig für Phoebes heile Welt.

»Ach so, hätt ich fast vergessen. Das sind Minka und Fleur«, sagte Noah und zeigte auf die Mädchen. Minka oder Fleur kicherte, die andere zog an dem Joint, als wäre es eine Sauerstoffflasche und sie am Ersticken.

»Und wie heißt deine Freundin?«, fragte Noah Aaron.

»Fippi«, sagte Jolli.

»Phoebe«, korrigierte Phoebe.

»Was ist das denn für ein Name?«, fragte Noah und sah dabei wieder Aaron an, so als könnte Phoebe nicht sprechen.

»Das ist Englisch«, antwortete Aaron an ihrer Stelle. Ein Satz, der bei den Sofamädchen aus unerfindlichen Gründen wilde Heiterkeit auslöste. Sie prusteten los und konnten sich eine ganze Weile lang nicht wieder beruhigen.

Noah lachte auch ein bisschen, obwohl er ganz offensichtlich keine Ahnung hatte, worüber.

Phoebe rollte genervt die Augen.

Ich hab dich gewarnt, dachte Aaron. Dein Problem, dass du nicht auf mich gehört hast. Aber das stimmte natürlich nicht. Es war jetzt auch sein Problem.

Auf dem Sofa war kein Platz mehr, also setzten sich Aaron und Phoebe auf den schmutzigen Teppich. Jolli holte Bier aus dem Kühlschrank und begann sofort, einen neuen Joint zu rollen.

»Habt ihr vielleicht Hunger oder was?«, fragte er ohne wirkliches Interesse.

»Wir haben vorhin erst gefrühstückt«, sagte Aaron und dachte an Piet und Geertje.

Gebt uns sofort Bescheid, wenn ihr in Amsterdam angekommen seid. Wenn sie sie jetzt sehen könnten, in diesem vollgequalmten, dreckigen Zimmer, sie wären entsetzt. Aaron runzelte die Stirn. Warum dachte er an Piet und Geertje? Er kannte die beiden doch kaum.

»Danke.« Aaron schüttelte den Kopf, als Noah ihm den Joint hinstreckte. »Später.«

Phoebe lehnte ebenfalls ab.

»Was ist denn mit euch los?«, fragte Jolli. »Ihr seid hier in Holland, Mann, da muss man doch rauchen.«

»Das Zeug wächst hier wie Gras«, ergänzte Noah und

lachte so hysterisch über seinen eigenen Scherz, dass er fast vom Sofa fiel.

Das war ja grausam. Bekiffte Leute waren nur zu ertragen, wenn man selbst bekifft war, aber Aaron wollte jetzt nichts rauchen. Er wollte die Kontrolle behalten, wegen Phoebe. Wenn sie nicht dabei gewesen wäre, hätte er keine Sekunde gezögert. Er hätte mitgekifft und ein, zwei, drei Bier getrunken und wäre im Nu genauso vergnügt gewesen wie Jolli und Noah.

»Du hast deine Gitarre dabei, Mann«, sagte Jolli und tippte auf die Gitarrentasche. »Weißt du noch, früher? Unsere Band.« Er lächelte verklärt. »*Smiling Death*«, sagte er zu den beiden Mädchen. »War das krass, Mann.«

»Aaron hat's echt drauf«, erklärte Noah. »Der kann vielleicht spielen.«

»*Opschepper*«, sagte Minka oder Fleur.

»*Laat maar zien dan*«, meinte ihre Freundin.

»Zeig's ihnen, Mann«, sagte Jolli so stolz, als wäre Aaron sein Sohn.

Aaron wollte gerade ablehnen, er hatte keine Lust, sich zum Affen zu machen, aber jetzt mischte sich auch Phoebe ein. »Ich würd dich auch gern mal hören.«

»*Yiiiiehhhaaa!*«, kreischte Noah. »*Go, Aaron, go! Let's rock!*«

Phoebe lächelte ihn an. Sie sah so hübsch und unschuldig aus in diesem verdreckten Zimmer, zwischen diesen bekifften Leuten. Aaron lächelte unwillkürlich zurück, obwohl er doch eigentlich total genervt von ihr war.

Dann holte er die Gitarre raus, stimmte sie. Dann spielte und sang er ein Stück von den *Zolas*. Sabine hatte ihn auf die Band aufmerksam gemacht, obwohl sie sonst ja eher auf Klassik stand.

»Cool«, sagte Phoebe, als er fertig war. »Was war das?«

»Das Stück heißt ›Marlaina Kamikaze‹.«

Das sagte Phoebe genauso wenig wie einem der anderen.

»*Speel eens iets wat we kennen*«, sagte Minka oder Fleur.

»Sie will wissen, ob du auch was spielen kannst, was wir kennen«, übersetzte Jolli.

»Kannst du was von Jack Johnson?«, fragte Phoebe.

Er spielte »Gone«, das kannte Phoebe auswendig und sie sang mit. Am Morgen hatte sie noch behauptet, dass sie keinen Ton halten konnte, aber das stimmte nicht. Sie hatte eine schöne Stimme, ein bisschen kratzig und rau, aber gleichzeitig klangvoll und sicher.

Jolli und Noah applaudierten und pfiffen, als sie fertig waren. Fleur und Minka klatschten auch ein bisschen, aber total gelangweilt.

»Ich hasse Jack Johnson«, sagte Phoebe. »Aber das Stück ist gut.«

»Geht mir auch so.« »Gone« war auch das Einzige von Johnson, was Aaron spielen konnte. »Hätte nicht gedacht, dass du ausgerechnet das Lied gut findest.«

Der Song richtete sich schließlich gegen sinnlosen Konsum und Verschwendung. Und Phoebe war für ihn der personifizierte Konsum. Na ja, zumindest hatte er sie in der Vergangenheit so gesehen.

Sie lachte. »Da sieht man mal wieder, wie wenig du mich kennst.«

»*Dit is saai*«, sagte Minka oder Fleur. »*Gaan we eindelijk weg?*«

»Was will sie?«, erkundigte sich Noah.

»Raus hier«, sagte Jolli.

»Gute Idee«, meinte Phoebe.

Minka und Fleur wechselten in rasendem Niederländisch ein paar Sätze, dann gackerten sie wieder los, wobei sie Phoebe anstarrten.

»Könnt ihr kein Deutsch?«, fragte Phoebe.

»Kannst du kein Niederländisch?«, gab Minka oder Fleur patzig zurück. »Wir sind hier nämlich in den Niederlanden.«

»Bloß kein Zickenkrieg«, sagte Noah und stand auf. »Ich hab Kohldampf. Komm, wir gehen was essen.«

Im Flur stand eine Frau, die ihre strammen Beine in knallenge Röhrenjeans gequetscht hatte. Unter ihrem kurzen T-Shirt quoll der Bauch hervor.

»Gehst du noch raus, Marco?«, fragte sie Jolli, ohne die anderen zu beachten. »Morgen ist Arbeit angesagt, ist dir klar, oder?«

»Ist klar.« Jolli wollte so schnell wie möglich an ihr vorbei, aber die Frau stellte sich ihm in den Weg.

»Du musst um sieben raus«, sagte sie. »Nicht vergessen, ja?«

»Vergess ich nicht. Kann ich jetzt durch?« Er hatte seinen Arm um die große Blonde gelegt, das fiel Aaron erst jetzt auf. Offensichtlich waren sie und Jolli zusammen.

»Marco, ich will nicht ...« Aber nun hatte sich Jolli an ihr vorbeigezwängt und riss die Tür auf. Ohne sich zu verabschieden, flüchtete er ins Treppenhaus. Die Blonde und ihre Freundin stolperten hinterher. Zum Schluss folgten Noah, Aaron und Phoebe.

»Marco«, brüllte Noah, als sie draußen auf der Straße waren. »Du heißt Marco? Echt? War die Alte etwa deine Mutter? Ich dachte, du wohnst allein!«

»Weiß deine Mutter, dass wir heute Nacht bei dir pennen?«, fragte Aaron.

»Und ich auch?«, sagte Noah.

»Vielleicht sollten wir lieber in ein Hotel«, sagte Phoebe, genau in dem Moment, in dem Aaron es dachte. Es war ja auch eine Horrorvorstellung, eine Nacht mit Jolli, Noah und Phoebe in einem dreckigen Zimmer zu verbringen. Aber ein Hotel kostete Geld, und Phoebe hatte keinen müden Cent, und Aaron wollte kein Geld ausgeben. Er hatte nur zweihundert Euro und die mussten so lange wie möglich reichen.

Wenn Phoebe nicht wäre, dachte Aaron, hätte ich auch überhaupt kein Problem. Er würde ein paar Bier trinken und die eine oder andere Tüte rauchen, und dann wäre es ihm egal, wo er übernachtete und mit wem. Genau wie früher in Frankfurt, wo er manchmal morgens mit einem totalen Filmriss aufgewacht war. Und keine Ahnung hatte, wie er in der letzten Nacht nach Hause gekommen war.

Einmal lag sogar ein Mädchen, das er noch nie zuvor gesehen hatte, bei ihm Bett. Er kannte seinen Namen nicht, er wusste auch nicht, wo er es kennengelernt hatte. Und was sie beide in der Nacht gemacht hatten.

Sabine war total entsetzt gewesen, als sie kapiert hatte, dass das Mädchen nicht seine Freundin, sondern irgendeine Zufallsbekanntschaft war. Alles, was vorher passiert war – die blauen Briefe, die Schulkonferenzen, die Schulverweise, die Nächte, in denen sie ihn vom Polizeirevier abholen musste – all das hatte sie ihm nicht so übel genommen wie die Sache mit diesem Mädchen. Kurz nach dieser Geschichte eröffnete sie ihm, dass sie zurück nach Düsseldorf ziehen würden. Damit er endlich von diesen Typen loskam, sagte sie. Und meinte Jolli und Noah damit.

In Düsseldorf war er dann wieder genauso einsam wie früher. Keine Band, keine Freunde, keine Mädchengeschichten mehr. Kein Spaß, nur noch Frust.

Bis er die Postkarte gefunden hatte, die ihm die Kraft gab, sich endlich von Sabine loszueisen. Jetzt war er hier in Holland und hätte richtig einen draufmachen können. Wenn Phoebe nicht gewesen wäre.

Jolli führte sie zu *McDonald's* und gab eine Runde Hamburger und Cola aus. Zu Aarons Erleichterung gingen sie danach nicht wieder zurück in die Wohnung, sondern in den Park. Sie quetschten sich zu fünft auf eine Parkbank, nur für Phoebe war wirklich kein Platz mehr. »Macht nichts«, sagte sie und setzte sich ins Gras.

Sie lieh sich Aarons MP3-Player, der ja eigentlich Sabines MP3-Player war, und durchsuchte das Menü. Als Aaron nach einigen Minuten wieder nach ihr schaute, lag sie auf der Wiese und war eingeschlafen. Aus den Ohrstöpseln des Players drang das Anfangsthema des Klavierkonzerts Nr. 1 von Tschaikowski.

Die Blonde – Minka oder Fleur – hatte sich bei Jolli auf den Schoß gesetzt, er fütterte sie mit Pommes wie einen Hund, und danach knutschten sie. Ihre Freundin saß neben Noah und sah ihn schmachtend an. Vielleicht wartete sie darauf, dass er sie ebenfalls auf den Schoß nahm. Noah kriegte aber nichts davon mit, weil er schon wieder eine Tüte rollte.

»Doch nicht hier draußen, bist du bescheuert?«, sagte Jolli, als er kurz mal eben mit dem Knutschen aufhörte.

»Wieso nicht? Wir sind doch in Holland.«

»Aber kiffen ist trotzdem nicht erlaubt. Jedenfalls nicht in aller Öffentlichkeit.«

»Scheiße.« Noah steckte den Joint in den Tabakbeutel. »Und jetzt?«

»Entspann dich. Du kriegst heut schon noch was.«

»Aber jetzt isses doch optimal. Guck mal, Aarons Tussi schläft. Da kann er sich auch was reinziehen, ohne dass die was mitkriegt und Stress macht.«

»Hier geht's aber nicht«, sagte Jolli und fing wieder an, mit Minka oder Fleur zu knutschen.

»Deine Freundin sieht echt gut aus«, sagte Noah zu Aaron. »Schade, dass sie so verkrampft ist.«

»Sie ist nicht meine Freundin«, sagte Aaron. »Ich meine, wir sind nicht zusammen.«

»Ach so. Na, dann ist ja gut.« Noah bückte sich und holte ein paar Bierdosen aus seinem Rucksack. »Hier. Damit ihr nicht verdurstet.«

»*Dank je*«, sagte die Dunkelhaarige.

»Danke heißt das«, korrigierte Noah sie. »Dass ihr Holländer das nicht kapiert.«

Später gingen sie in eine Kneipe und danach in einen Club. Phoebe kam fast nicht rein, weil der Türsteher ihren Ausweis sehen wollte. Aber dann redete Jolli so lange auf Niederländisch auf ihn ein, dass er sie irgendwann doch noch durchwinkte.

»Na siehste, geht doch!«, schrie Noah ihr über dem Musiklärm zu. »Dafür kannst du aber auch mal lachen, finde ich.«

»Ganz genau! Ausgeschlafen hast du jetzt auch. Gibt also keinen Grund, so ein saures Gesicht zu machen«, fand Jolli.

»Mach ich doch gar nicht«, protestierte Phoebe.

»Gleich gibt's was zu rauchen, dann kommt die gute Laune von ganz allein«, versprach Noah.

»Ich rauche nicht«, schrie Phoebe. »Hab ich dir doch vorhin schon erklärt.«

»Hier drin darf man auch nicht rauchen, vergiss es Noah. Aber ich hab was Besseres.« Jolli holte eine kleine Schachtel aus der Tasche.

»Nee, danke!« Phoebe warf einen Blick auf die bunten Pillen in der Dose und schüttelte den Kopf. »Ich geh lieber tanzen.«

»*Ja, ga weg, laat ons met rust*«, sagte Fleur oder Minka und ihre Freundin kicherte.

Jolli zuckte mit den Schultern und bot Aaron die Dose an.

»Danke. Ich auch nicht. Ich hab letzte Nacht überhaupt nicht gepennt. Wenn ich jetzt was nehme …«

»Das ist ja das Gute: Das Zeug macht dich wach, nicht müde!«

Trotzdem. Aaron kannte diese Pillen zur Genüge. Jolli hatte Recht, sie machten einen wirklich hellwach – jedenfalls am Anfang. Dann tanzte man und war super drauf und machte durch bis zum nächsten Morgen – aber irgendwann kam das dicke Ende. Totale Erschöpfung. Filmriss.

Wenn Phoebe nicht gewesen wäre …

»Mensch, nun vergiss die Alte doch mal für ein paar Minuten«, sagte Jolli. »Ich weiß gar nicht, was mit dir los ist,

Aaron. Hast dich doch sonst nicht so unterbuttern lassen von den Frauen. Mach dich mal locker.«

Fleur und Minka griffen zu und schnappten sich eine Pille. Noah nahm sich ebenfalls eine. »Los, Aaron«, sagte Jolli. »Auf die alten Zeiten.«

Auf die alten Zeiten. In denen sie zusammengehört hatten, in denen sie nichts trennen konnte, in denen sie so viel Spaß gehabt hatten. Auf die alten Zeiten, die vorbei waren, aber vielleicht konnte man sie ja wiederaufleben lassen?

»Also gut.« Aaron nahm sich eine Pille und spülte sie mit einen großen Schluck Bier hinunter.

»Bravo!«, jubelte Noah.

Fleur und Minka gaben Aaron einen Kuss auf jede Wange.

Phoebe tanzte und bekam von allem nichts mit.

»Die kriegen wir auch noch zum Lachen«, sagte Jolli, der seinem Blick gefolgt war. »Verlass dich drauf.«

Die Pille wirkte sofort. Aarons Anspannung und Genervtheit verschwanden, er fühlte sich nur noch gut. Und obwohl Phoebe keine Pille geschluckt hatte, schien es ihr genauso zu gehen. Sie strahlte ihn an, als er sich zu ihr durchdrängte, um mit ihr zu tanzen.

»Super Musik, oder?«, rief sie ihm zu.

Und das stimmte, es war nicht der übliche Techno-Mix, den man in den Düsseldorfer Clubs immer zu hören bekam, sondern richtig cooler Rock. Er hatte Phoebe noch nie zuvor tanzen sehen. Sie bewegte sich ganz anders als die anderen Mädchen, so weich und schwerelos, sie schien über die Tanzfläche zu schweben. »Hast du mal Ballett gemacht?«, rief er ihr zu.

»Vier Jahre!«, brüllte sie zurück, stellte sich dabei auf die Zehenspitzen und hob die Hände über den Kopf.

»Vor oder nach dem Schwimmverein?«

»Währenddessen. Meine Mutter wollte, dass ich tanze, und mein Vater hat mich zum Schwimmen geschickt. Hat mir beides keinen Spaß gemacht.«

»Dafür hast du aber lange durchgehalten.«

»Ich war eben ein braves Mädchen. Im Gegensatz zu dir.«

»Stimmt«, schrie Aaron. »Ich war nie ein braves Mädchen. Und auch nicht im Ballett.«

Sie lachte. Wie schön sie war, wenn sie lachte. Wie gut sie auf einmal drauf war. Ganz ohne Drogen. Aaron hätte sie gerne umarmt, aber er traute sich nicht.

»Hier, ihr beiden Hüpfdohlen!« Jetzt schob sich Noah zu ihnen durch, mit zwei Cocktailgläsern in der Hand.

»Ich brauch erst mal ein Wasser!«, schrie Phoebe.

»Wasser kannst du morgen wieder trinken. Das löscht den Durst viel besser«, rief Noah und drückte ihr eins der Gläser in die Hand, das andere gab er Aaron.

Dann blieb er erwartungsvoll stehen. Was wollte er denn noch?

»Wie viel kriegst du dafür?«, fragte Aaron.

»Lass stecken, Alter. Geht aufs Haus.«

»Danke, Mann.«

Aaron nahm einen Schluck und musste sich beherrschen, um nicht das Gesicht zu verziehen. Mojito. Er hasste das süße Zeug, er wäre lieber beim Bier geblieben.

Aber das konnte er Noah natürlich nicht sagen. Der Mojito war ein Freundschaftsbeweis und ein Friedensangebot an Phoebe.

Aaron hob das Glas und lächelte Phoebe an.

»Prost, Phoebe!«

»Prost, Fippi!«, schrie Noah.

Sie lachte zurück und trank einen großen Schluck. »Schmeckt ja super! Danke, Noah.«

»Bitte, Fippi!« Noah zwinkerte Aaron zu, dann verdrückte er sich wieder zu den anderen.

»Der ist ja witzig«, schrie Phoebe.

»Die sind heute echt schräg drauf, alle beide«, gab Aaron zurück. »Vielleicht sind diese beiden Tussen daran schuld. Jolli hat schon lange keine Freundin mehr gehabt.«

Eigentlich hatte keiner von ihnen jemals eine Freundin gehabt. Hin und wieder hatten sie ein Mädchen abgeschleppt, aber daraus hatte sich nie etwas Festes ergeben. Weil sie keine Lust darauf hatten, die Mädchen auch tagsüber zu treffen und mit ihnen abzuhängen und zu quatschen. Viel zu anstrengend.

»Weiber bedeuten Stress«, hatte Noah es auf den Punkt gebracht.

In Düsseldorf hatte sich Aaron das Problem dann nicht mehr gestellt. Er ging nicht mehr aus, also traf er auch keine Mädchen, also hatte er auch keinen Stress.

Phoebe lächelte, als ob sie seine Gedanken lesen könnte. »Ich find die beiden ganz lustig. Nur diese Mädchen sind blöd.« Dann legte sie den Kopf schief und sah ihn prüfend an. Ihm wurde ganz seltsam unter diesem Blick. Heiß und kalt und wieder heiß.

»Was ist?«

»Ich frag mich, warum du hier bist«, schrie Phoebe gegen die Musik an.

»Na, wegen Jolli. Warum denn sonst?«

»Das nehm ich dir nicht ab«, brüllte sie.

Er legte die Hände auf die Ohren und schüttelte den Kopf, obwohl er sie ganz genau verstanden hatte. »Ist zu laut hier zum Quatschen!«

»Feigling!«

Sie tranken ihre Cocktails, danach tanzten sie weiter, aber Phoebe schien irgendwie die Lust verloren zu haben. Sie schwebte nicht mehr, sie bewegte sich schleppend und lustlos. Vielleicht war sie genervt, weil Aaron ihr nicht vertraute. Vielleicht war ihr auch wieder eingefallen, dass sie bei Jolli übernachten mussten. Wir sollten noch was trinken, dachte Aaron. Wenn man betrunken ist, schläft man überall.

Wobei er sich nicht vorstellen konnte, dass er in dieser Nacht überhaupt ein Auge zutun würde. Diese Pille war der Wahnsinn, sie brachte seinen Körper zum Vibrieren. Wie ein Motor, der auf Hochtouren lief. Vielleicht konnte er Phoebe irgendwie überzeugen, doch eine zu schlucken, dann brauchten sie nicht zurück zu Jolli, dann konnten sie die Nacht durchtanzen.

Wo war sie überhaupt? Gerade eben noch hatte sie neben ihm getanzt, jetzt war sie weg. Vielleicht auf dem Klo.

Sie kam aber nicht wieder. Inzwischen waren mindestens zehn Minuten vergangen. Er suchte sie am Rand der Tanzfläche, auf der Empore, im Nebenraum. Fehlanzeige.

»Habt ihr Phoebe gesehen?«, fragte er Jolli, Noah und die Blonde, die immer noch an der Theke standen und sich an ihren Bierflaschen festhielten.

»Ist bestimmt für kleine Mädchen«, sagte Jolli.

Noah setzte zu irgendeinem blöden Witz an, aber Aaron wollte ihn nicht hören. Er rannte zu den Toiletten, aber natürlich konnte er nicht aufs Mädchenklo. Glücklicherweise kam gerade die Dunkelhaarige raus. »Ist Phoebe da drin?«, fragte Aaron.

»*Wat?*«

»Phoebe«, schrie er und zeigte auf die Tür.

»Weiß ich nicht.«

»Guckst du vielleicht mal nach?«

Sie starrte ihn schweigend an.

»Bitte, Fleur«, rief Aaron.

»Ich bin Minka.«

»Bitte, Minka!«

Sie verschwand wortlos im Waschraum, nach ein paar Sekunden kam sie wieder raus und schüttelte den Kopf. »Nicht da. Vielleicht ist sie nach Hause?«

Sehr witzig.

Er suchte noch mal den ganzen Laden ab, aber Phoebe war weg, spurlos verschwunden.

Er rannte zurück zum Ausgang, wo Jolli stand und mit Fleur knutschte. Eine seiner Hände lag auf ihrem Po, mit der anderen fummelte er an ihrem Busen rum, er war voll und ganz beschäftigt.

»Ich kann Phoebe nirgends finden. Das ist echt komisch!«

»Jetzt komm mal wieder runter!« Widerwillig löste Jolli sich von Fleur. »Die taucht schon wieder auf.« Er grapschte wieder nach der Blonden und wollte weitermachen, wo er aufgehört hatte, aber sie drehte den Kopf weg.

»Sie ist raus«, sagte sie zu Aaron.

»Was?«

»Deine Freundin.« Fleur zeigte auf den Ausgang.

»Bist du sicher?«

Sie zuckte mit den Schultern und wandte sich wieder Jolli zu.

Aaron rannte am Türsteher vorbei nach draußen.

Frische, kühle, klare Nachtluft. Und diese Stille. Aaron merkte erst jetzt, wie laut es im Club gewesen war, seine Ohren dröhnten und piepsten von dem Lärm.

Als sie hier angekommen waren, war es noch hell gewesen, jetzt war der Himmel schwarz, gesprenkelt mit Sternen. Über einer Baumkrone hing die Mondsichel. Eine Nacht wie aus dem Bilderbuch.

»Phoebe?« Aaron blickte sich suchend um.

Der Platz vor dem Club war ziemlich voll, überall standen Leute und rauchten oder tranken Dosenbier, das sie mitgebracht hatten.

Aber Phoebe rauchte nicht und sie kannte hier auch keinen. Warum hätte sie rausgehen sollen, ohne ihm Bescheid zu sagen? Aaron drehte sich einmal um die eigene Achse, dann wollte er wieder rein, aber im selben Moment sah er sie.

Sie lehnte neben dem Eingang, den Kopf in den Nacken gelegt, die Augen geschlossen. Ihr Gesicht war so bleich, dass es in der Dunkelheit schimmerte.

»Was ist denn mit dir los?«, fragte er erschrocken.

Sie schlug die Augen auf und sah ihn mit glasigem Blick an. »Mir ist so schlecht, Aaron.«

»Dir ist schlecht? Aber wovon denn? Du hast doch überhaupt nichts getrunken.«

»Nur diesen einen …« Sie unterbrach sich, schlug die Hand vor den Mund und stöhnte. »Ich glaub, ich muss …«

Dann stürzte sie an ihm vorbei in die Dunkelheit. Als er sie einholte, stand sie hinter einem Baum und übergab sich. Aaron stand hilflos daneben. Phoebe hörte überhaupt nicht mehr auf zu kotzen. Immer wenn er glaubte, dass sie fertig wäre, begann sie wieder von Neuem zu würgen.

Irgendwann wankte sie ein paar Schritte zur Seite, ließ sich in die Hocke sinken und vergrub das Gesicht in den Händen. »Oh Mann. Was war das denn? Mir war noch nie im Leben so schlecht.«

Er hockte sich neben sie und legte einen Arm um ihre Schultern.

»Vielleicht war es dieser Hamburger. Das Fleisch war schlecht.«

Sie hob den Kopf und sah ihn an. »Ach Quatsch«, murmelte sie. »Es war der Drink. Da war irgendwas drin.«

»Aber ich hab doch dasselbe …«, begann Aaron und unterbrach sich.

Die kriegen wir auch noch zum Lachen, hörte er Jolli sagen.

Und kurz danach hatte Noah ihnen die Cocktails gebracht. Einen für Aaron, einen für Phoebe. *Prost, Fippi.* Und wie er Aaron zugezwinkert hatte, bevor er sich wieder verdrückt hatte.

»Wie geht's dir jetzt?«, fragte Aaron nervös. »Ist dir immer noch schlecht?«

»Nee.« Phoebe schüttelte den Kopf. »Ich glaub, jetzt ist es wieder gut. Es ist raus.«

»Bist du sicher, dass alles okay ist? Wir können einen Krankenwagen holen.«

»Blödsinn. Mir ist nur ein bisschen schwindlig. Ich muss mich mal irgendwohin setzen.« Sie steuerte auf eine freie Bank zu, aber auf halbem Weg knickte sie um und wäre gefallen, wenn Aaron sie nicht festgehalten hätte.

»Phoebe! Dir geht's überhaupt nicht gut.« Seine Gedanken rasten. Wenn er einen Notarzt holte, würde man Phoebe Blut abnehmen. Und wenn Jolli und Noah ihr wirklich was in den Cocktail gemischt hatten, würden sie alle Schwierigkeiten bekommen. Seinen Trip nach Amsterdam konnte er vergessen. Die Suche war vorbei, noch bevor sie angefangen hatte.

»Nun hör doch mal auf.« Phoebe ließ sich auf die Bank fallen und schloss die Augen. »Ich brauch nur eine Pause.«

Er saß neben ihr, starrte in den idyllischen Sternenhimmel und verfluchte Jolli und Noah. Und dachte kurz darüber nach, ob er zurück in den Club gehen und sie zur Rede stellen sollte. Seid ihr bescheuert? Ihr hättet sie umbringen können!

Und dann? Schulterzucken, Verständnislosigkeit, gespielte Empörung. Was denkst du von uns, tickst du eigentlich noch sauber. Wir doch nicht!

Sinnlos. Die Aktion konnte er sich sparen.

Phoebe machte ihre Augen wieder auf. »Was machen wir jetzt?«, flüsterte sie müde.

»Wir gehen zurück zu Jolli«, sagte Aaron. »Und hol meinen Kram.«

»Echt?« Ein schwaches Lächeln. »Suchen wir uns wieder einen Garten mit Pool?«

Er schüttelte den Kopf.

»Wir gehen in ein Hotel.«

Phoebe

»Warte doch mal!« Phoebe stolperte hinter Aaron her, der mit finsterem Gesicht vor ihr herstiefelte. Er war sauer auf sie, natürlich war er sauer. Wenn sie nicht wäre, könnte er durchfeiern bis morgen Früh. Vielleicht hatten die beiden niederländischen Tussen auch noch eine Freundin, die sich um ihn gekümmert hätte. Aber Phoebe hatte ihm einen Strich durch die Rechnung gemacht.

»Aaron, bitte!«

Nun blieb er stehen und drehte sich zu ihr um. Er machte ein Gesicht wie gestern auf der Autobahn, nachdem Joe sie aus dem Lastwagen geworfen hatte.

»Geh wieder zurück, Aaron. Ich komm hier schon klar.«

»So ein Quatsch!«

Kein Quatsch. Sie musste nur diese Nacht überstehen, irgendwie, irgendwo. Morgen Früh würde sie ihre Tante anrufen und ihr alles beichten.

»Nein, Phoebe«, sagte Aaron. »Ich lass dich jetzt ganz bestimmt nicht allein. Wir holen die Gitarre und den Rucksack …«

»Ist doch gar nichts passiert«, unterbrach ihn Phoebe. »Kein Grund, eine solche Welle zu machen.«

»Vergiss es. Ich will da nicht mehr übernachten. Und ich will heute auch nicht im Freien pennen. Wir suchen uns ein Hotel, Ende der Diskussion.«

Das war gut, sie wollte auch nicht mehr diskutieren. Ihr Kopf dröhnte, in ihren Ohren sauste und brauste ein Sturm, und sie war so müde. Ein Bett und eine Dusche. Oder nur ein Bett. Und keine Diskussionen mehr.

Jollis Mutter öffnete ihnen die Tür und starrte sie vorwurfsvoll an. »Er ist nicht da.«

»Ich weiß«, sagte Aaron. »Ich wollte bloß meine Sachen holen. Dauert nur einen Moment.«

»Es ist kurz vor elf«, sagte Jollis Mutter, aber dann trat sie einen Schritt zur Seite und ließ sie ein. »Wo ist er?«, fragte sie Phoebe, während Aaron in Jollis Zimmer verschwand.

»In einem Club.«

»Natürlich.« Die Frau griff nach einer Schachtel Zigaretten, die neben der Garderobe lag, dann überlegte sie es sich anders und schnappte sich stattdessen eine Packung Kaugummi. »Und morgen muss er arbeiten. Ich weiß jetzt schon, dass er wieder blaumacht. Und dann schmeißen sie ihn raus, es ist zum …« Sie verstummte und schob sich ein Kaugummi in den Mund.

»Tja«, sagte Phoebe. Mehr fiel ihr dazu nicht ein. Das Dröhnen in ihrem Kopf verdrängte alle möglichen Antworten.

Die Frau kaute wütend auf ihrem Kaugummi herum. »Ich hab das hier nur deshalb gemacht, damit er aus Frankfurt wegkommt. Wegen mir hätten wir nicht nach Holland ziehen müssen, mein Job ist hier genauso beschissen wie in Deutschland. Und diese Sprache – das ist ja eine Zumutung. Ich hab's ihm zuliebe getan. Aber ich hätte es mir auch sparen können.«

Jetzt kam Aaron endlich wieder zurück.

»Können Sie uns vielleicht sagen, ob's hier irgendwo in der Nähe eine Pension oder ein Hostel gibt? Wir brauchen was für die Nacht.«

»Ein Hostel? Hier?« Die Frau verzog das Gesicht. »Hier gibt's nichts.«

Das Dröhnen in Phoebes Kopf verwandelte sich in höhnisches Gelächter.

»Obwohl. Da ist eine Pension in der Nähe der Uni. Aber ob da so spät noch jemand ist …«

»Wo ist das genau?«

Sie beschrieb ihnen den Weg. »Aber wie gesagt, es ist ja schon sehr spät. Ich kann mir nicht vorstellen …«

»Wir versuchen's einfach mal.«

Connie's Bed and Breakfast stand auf dem Schild neben der Tür. Nachdem sie geklingelt hatten, tat sich erst mal gar nichts.

Hinter der Glastür war auch schon alles dunkel. »Das wird nichts mehr«, sagte Phoebe düster. Sie hörte ihre eigene Stimme kaum, so laut rumorte es in ihrem Kopf. »Und jetzt?«

Aaron runzelte die Stirn. Aber bevor er antworten konnte, ging in der Pension das Licht an. Eine Frau schlurfte durch den Flur und schloss die Tür auf.

»*Goeden avond.*«

»Guten Abend«, sagte Aaron. »Wir suchen ein Zimmer.«

»Das hab ich mir gedacht«, sagte die Frau. »Doppelzimmer?«

Aaron sah Phoebe an, sie nickte schnell.

»Fünfzig Euro die Nacht. Frühstück inklusive.«

»Super«, sagte Aaron. »Das ist perfekt.«

Sie gähnte, drehte sich dann wortlos um und schlurfte wieder weg.

Sie folgten ihr zur Rezeption, wo sie ihre Anmeldung ausfüllte. Glücklicherweise wollte sie nur Aarons Ausweis sehen. »Erster Stock, Zimmer 5.« Sie reichte ihm einen Schlüssel. »Gute Nacht.«

Ein schlichtes, sauberes Zimmer mit einem Doppelbett, ein winziges Badezimmer mit Dusche und Klo. »Traumhaft«, seufzte Phoebe. »Ich hab noch nie so ein schönes Bett gesehen.«

Aaron lachte. »Willst du dich zuerst duschen?«

Eigentlich nicht. Eigentlich wollte sie nur ins Bett und sofort einschlafen. Das Dröhnen in ihrem Kopf zum Verstummen bringen. Aber ihr Körper klebte vor Schweiß und Dreck. »Ja, gerne.«

Als sie aus dem Bad kam, ein Handtuch um den Körper geschlungen, ein anderes um den Kopf, saß er auf dem Bett, den Inhalt des Rucksacks vor sich ausgebreitet.

»Suchst du was?«, fragte Phoebe. »Alles okay?« Nichts war okay, das sah sie, als er den Kopf hob.

»So ein verdammter Mist.«

»Was?«

»Mein Geld ist weg.«

»Haben sie dir das Portmonee geklaut?«

»Nee. Aber ich hab die Kohle rausgenommen und in einen Umschlag getan. Der war im Rucksack.«

»Schau noch mal nach. Das kann doch nicht sein.«

Es war aber so. Jemand hatte Aarons Geld aus dem Rucksack gestohlen.

»Aber wer?«, fragte Phoebe.

Aaron zuckte mit den Schultern. Er hatte die Scheine am Morgen bei Piet und Greetje aus dem Geldbeutel geholt und unter der Wäsche im Rucksack versteckt. »Kam mir sicherer vor. Aber jetzt ist der Umschlag weg.«

»Okay«, sagte Phoebe langsam. »Da kommen ja nicht allzu viele Leute infrage.«

Geertje und Piet, der Lkw-Fahrer, der sie nach Amstelveen gebracht hatte, Jolli, Noah, Fleur oder Minka. Oder Jollis Mutter. Einer von ihnen hatte den Umschlag aus dem Rucksack geklaut.

»Piet und Geertje waren es auf keinen Fall«, sagte Phoebe. *»No way.«*

»Und der Lkw-Fahrer hatte gar keine Gelegenheit dazu. Ich hatte den Rucksack die ganze Zeit bei mir.«

Blieben seine Freunde, die beiden Tussen und Jollis Mutter.

»Deine Freunde würden dich doch nicht beklauen«, flüsterte Phoebe. »Das wäre ja …«

Aaron starrte auf das Gewirr aus Unterhosen, Socken und T-Shirts auf dem Bett. Er schwieg. Das war auch eine Antwort. Phoebe musste plötzlich an Hannah denken. Ihre beste Freundin. Die ihr Vorwürfe gemacht hatte, als sie ihr von Jesse erzählt hatte. Die sie im Stich gelassen hatte.

»Was machen wir denn jetzt?«

»Keine Ahnung.«

»Wenn du glaubst, dass einer von denen das Geld genommen hat …«

»Glauben ist nicht wissen«, sagte Aaron. »Und ich kann auch nichts beweisen. Vorbei. Die Kohle ist weg. Nicht mehr drüber nachdenken.«

Nicht mehr drüber nachdenken. Als ob es so einfach wäre.

»Ich hab noch fünfzig Euro im Portmonee«, sagte Aaron. »Reicht grade noch für das Hotel. Dann sind wir blank.«

Phoebe ließ sich neben ihn aufs Bett sinken. »So ein Mist, so ein verdammter Mist.« Jetzt waren sie beide in derselben beschissenen Lage: kein Geld mehr, kein Guthaben auf dem Handy, keinen Plan, wie es weitergehen sollte.

»Kann man so sagen.« Aaron schob seine Klamotten zurück in den Rucksack und stand auf.

»Was hast du denn jetzt vor?«

»Duschen«, sagte er. »Und dann pennen. Mehr können wir heute nicht tun.«

»Und morgen? Was machen wir morgen?«

»Überfallen wir eine Bank. Oder entführen ein Millionärskind.« Er grinste. »Morgen ist morgen. Uns wird schon was einfallen.«

Sie wollte wach bleiben, wenigstens so lange, bis er wieder aus dem Bad kam, aber als das Wasser in der Dusche zu prasseln begann, sank sie in einen kilometertiefen Schlaf.

Als sie wieder aufwachte, lag das Zimmer im Dämmerlicht. Das Fenster war ein hellgraues Rechteck im Schwarz der Wand, davor stand Aaron und blickte hinaus.

»Aaron?« Phoebe stützte sich auf ihre Ellenbogen. Seine Seite des Bettes war unbenutzt, er hatte noch gar nicht geschlafen. »Was ist los?«

Er schüttelte den Kopf, ohne sich zu ihr umzudrehen.

»Machst du dir Sorgen?« Sie warf einen Blick auf ihre Armbanduhr. Kurz nach halb fünf. So früh. Sie war immer noch verdammt müde, aber wenigstens waren die Kopfschmerzen weg.

»Nein.« Jetzt sah er sie an, aber sie konnte im Dunkeln sein Gesicht nicht erkennen.

»Warum stehst du dann am Fenster?«

»Ich hab eine Pille geschluckt. Vorhin, in diesem Club. Und jetzt bin ich hellwach.«

»Na super!« Sie ließ sich zurück aufs Kissen fallen. »Ich hätte auch eine nehmen sollen. Dann hätten deine Kumpels mir nichts in den Drink geschüttet und wir hätten uns das Hotel gespart.«

»Stimmt. War bescheuert von dir.«

»Hast du die ganze Zeit aus dem Fenster gestarrt?«

»Nee. Ich bin auf und ab gegangen. Und ich hab in der Bibel gelesen.« Er deutete auf das Buch auf dem Nachttisch.

»*He goede bericht.* Und? Irgendwelche Erleuchtungen?«

»Leider nicht. Aber kommt vielleicht noch.«

»Bestimmt.« Sie gähnte.

»Schlaf wieder ein, Phoebe. Vielleicht kann ich ja auch noch ein bisschen pennen.« Aber er machte keine Anstalten, sich ins Bett zu legen.

Jetzt oder nie, dachte Phoebe. »Warum willst du nach Amsterdam, Aaron?«

Er schwieg, natürlich schwieg er. Er traute ihr nicht.

Sie schloss die Augen und war fast wieder eingeschlafen, als er sich räusperte.

»Da war diese Postkarte«, sagte er und drehte sich dabei um. Starrte wieder aus dem Fenster, als ob es da irgendwas zu sehen gäbe.

»Du hast eine Postkarte bekommen?«

»Nicht ich. Die Karte war für Sabine. Meine Mutter.«

»Aber du hast sie gelesen.«

Keine Reaktion. Red weiter, flehte Phoebe ihn in Gedanken an. Bitte, bitte, red weiter.

»Ich hab in ihrem Schreibtisch nach Briefmarken gesucht. Da hab ich die Karte gefunden.«

Und hast sie gelesen, dachte Phoebe. Genau wie ich Tessis SMS an Jesse gelesen habe.

Er starrte nach draußen und schwieg, wahrscheinlich hoffte er, dass sie wieder einschlief, aber das konnte er vergessen. Sie war jetzt hellwach.

»Von wem war die Karte?«

Er seufzte. »Sie hat mir gesagt, dass er tot ist. Ein Autounfall, kurz vor meiner Geburt. Er hat mich nie gesehen. Aber das stimmt überhaupt nicht. Das war eine Lüge. Er lebt.«

»Dein Vater?«, fragte Phoebe.

Er nickte, immer noch, ohne sich umzudrehen.

»Er wohnt in Amsterdam. Und du willst ihn besuchen«, sagte Phoebe.

Keine Reaktion.

Ich geh nicht mehr zur Schule, hörte sie Aaron wieder sagen.

»Falsch. Du willst gleich zu ihm ziehen«, sagte Phoebe. »Aber du kennst ihn doch noch gar nicht. Vielleicht versteht ihr euch überhaupt nicht.«

Schweigen. Langsam ging ihr das auf die Nerven. Dass er ihr nicht antwortete, dass er sie nicht einmal ansah. Offensichtlich war das seine Art, mit Problemen umzugehen. Er schwieg sich aus.

»Aaron«, sagte Phoebe. »Weiß deine Mutter, dass du zu deinem Vater nach Amsterdam fährst?«

Vor dem Fenster begannen die Vögel zu zwitschern. Die Sonne ging auf. Aaron blieb stumm wie ein Fisch.

»Verdammt noch mal! Nun rede doch. Das ist ja nicht zum Aushalten.«

»Was willst du eigentlich?« Er fuhr herum und weil es inzwischen hell war, sah sie, dass er ganz blass war. Seine Pupillen schwarze Löcher in einem weißen Gesicht. »Das ist meine Geschichte, das ist mein Leben, das mach ich mit mir selber aus. Misch dich nicht ein.«

»Okay«, sagte Phoebe und versuchte ganz ruhig zu bleiben, obwohl ihr Herz hämmerte und raste, als hätte sie auch eine von diesen Pillen genommen oder gleich zwei. »Es ist dein Leben. Es geht mich überhaupt nichts an. Aber deine Mutter schon, oder?«

»Ich hab ihr einen Zettel hingelegt.«

»Einen Zettel! Und, was hast du ihr geschrieben? Danke fürs Aufziehen, bin weg, dein Aaron?«

»Das ist nicht witzig, Phoebe.«

»Nein«, sagte Phoebe. »Wirklich nicht.«

Sie sah, dass er zitterte, seine Hände, seine Knie. Nun verschränkte er die Arme vor der Brust, hielt sich an sich selbst fest, riss sich zusammen. Und kam auf sie zu. Einen Moment lang dachte sie, dass er sie schütteln wollte oder schlagen, aber er stürmte am Bett vorbei und zur Tür.

»Tu das nicht!«, rief sie. »Bitte, Aaron!«

Er hielt inne, die Türklinke schon in der Hand. »Was?«

»Lauf jetzt nicht weg. Sprich mit mir. Bitte!«

Sie saß im Bett und er lag neben ihr, den Blick zur Decke gerichtet.

»Ich hab ihn vermisst«, sagte er. »Mein ganzes Leben hab ich ihn vermisst. Und dann erfahr ich plötzlich, dass er gar nicht tot ist.«

»Warum hat er sich nie bei dir gemeldet?«

Aaron drehte sich zur Seite und zog eine Karte aus seiner Hosentasche. Er trug sie schon länger mit sich herum, die Pappe war ganz warm und weich und faltig.

Hi Bina,

denk oft an dich und an den Kleinen (Großen). Wish you were here. Call me anytime.

Henning

Darunter eine Handynummer.

»Hm«, sagte Phoebe. »Von wann ist die Karte? Steht kein Datum drauf.«

»Auf dem Umschlag war ein Poststempel. Sabine hat die Karte im Sommer vor zwei Jahren bekommen. Ich war sechzehn damals. *Call me anytime.*« Aaron schüttelte den Kopf. »Ich wusste ja nicht mal, dass er am Leben ist.«

»Er hat die Karte auch nicht an dich geschickt, sondern an Sabine«, sagte Phoebe.

»Er kennt mich ja auch gar nicht.«

»Nein. Aber er hatte deine Adresse. Wenn Sabine ihn nicht angerufen hat, hätte er dir doch einfach schreiben können.«

»Vielleicht hatten sie ein Abkommen, dass er sich aus unserem Leben raushält. Vielleicht hatte er ein schlechtes Gewissen, weil er all die Jahre lang nicht für mich da war. Vielleicht hat er sich nicht getraut. Ich weiß es nicht.«

»Aber deine Mutter weiß es. Vermutlich.«

»Vermutlich.«

»Warum redest du nicht mit ihr?«, fragte Phoebe. »Das ist doch irgendwie verrückt, Hals über Kopf nach Amsterdam zu fahren, bevor du nicht mit ihr gesprochen hast.«

»Ich hab's ja versucht«, sagte Aaron. »Ich hab sie gefragt, ob er wirklich tot ist.«

»Und?«

»Sie wurde sofort nervös. Wahrscheinlich dachte sie, dass er Kontakt mit mir aufgenommen hatte.«

»Warum hast du ihr nichts von der Postkarte erzählt? Ich

verstehe das einfach nicht. Wieso redest du nicht Klartext mit ihr?«

»Weil sie mich wieder anlügen würde. Aber ich habe die Lügen so satt.«

Er schwieg einen Moment lang und schloss die Augen, als ob er sich an etwas erinnerte, was er lieber vergessen wollte. »Also gut, okay«, sagte er dann. »Ich bin nicht einfach so zufällig auf die Postkarte gestoßen. Ich hab ihren Schreibtisch durchsucht.«

»Wie jetzt?«

»Sabine hat eine Schublade im Schreibtisch, die ist immer abgeschlossen. Aber ich wusste, wo der Schlüssel lag. In ihrem Nachttisch.«

»Was hast du denn gesucht? Du konntest doch nicht wissen, dass da eine Postkarte von deinem Vater drin ist.«

»Ich hatte die ganze Zeit das Gefühl, dass sie mir was verheimlicht. Ich meine, als ich klein war, hat sie mir immer Geschichten von meinem Vater erzählt. Wie lustig und mutig und schön er war. Dass er Gitarre gespielt und gesungen hat, und dass sie sich zuerst in seine Stimme verliebt hat. Sie haben sich auf einem Musikfestival kennengelernt, damals wohnte er in München und sie in Hannover bei ihren Eltern. Sabine ist noch zur Schule gegangen. Nach dem Abi hat sie in Bonn studiert und er ist ihretwegen nach Köln gezogen. Sie waren so glücklich miteinander. Einmal sind sie nach Kreta geflogen und haben den Rückflug verpasst, weil sie einfach nicht wahrhaben wollten, dass der Urlaub schon zu Ende war.« Er zuckte mit den Schultern. »Aber als ich älter wurde, wollte sie nicht mehr über ihn reden. Sie sagte immer, dass es sie traurig machte, von ihm zu erzählen.«

»Du meinst, dass sie sich die Geschichten in Wirklichkeit nur ausgedacht hat?«

Wieder ein Schulterzucken. »Keine Ahnung. Vielleicht ist es ja wahr und sie hat mir nur den Rest verschwiegen. Wie sie sich gestritten und auseinandergelebt haben.«

»Und deine Großeltern? Ich meine, Hennings Eltern. Hast du zu denen keinen Kontakt?«

»Beide tot. Angeblich.« Er schnaubte verächtlich.

»Also gut. Du hast die Schublade aufgemacht. Und da war nur die Postkarte? Sonst nichts?«

»Andere Briefe, aber nichts von Henning. Ein paar Fotos von Freunden. Aber sie hat nichts beschriftet, auf den meisten Bildern stand nicht mal ein Datum.«

»Bilder von deinem Vater?«

Er zog die Mundwinkel nach unten. »Nee, auch nichts.«

»Hast du denn sonst Fotos von ihm?«

»Ein paar. Aber er ist nirgends so richtig gut zu sehen. Sabine meinte, dass er sich nicht gerne fotografieren ließ.«

»Vielleicht hat sie die Bilder ja weggeschmissen, auf denen er gut zu sehen war. Sie muss ziemlich sauer gewesen sein, wenn sie dir erzählt hat, dass er tot ist. Hast du ein Foto von ihm dabei?«

»Ja.« Jetzt holte er sein Portmonee aus der anderen Hosentasche und zog ein verblichenes Bild hervor. Es zeigte eine sehr junge, hübsche, sommersprossige Frau, die übers ganze Gesicht strahlte. Neben ihr ein hagerer, ernster Typ mit dunklen Haaren, der Aaron unglaublich ähnlich sah.

»Das war kurz vor seinem Tod. Also seinem angeblichen Tod. Sabine war schon mit mir schwanger«, sagte Aaron.

»Was? Aber sie sieht total jung aus!«

»Sie war zwanzig, als ich auf die Welt kam.«

»Wow!« Phoebe starrte noch mal auf das Bild des glücklichen Paares, dann gab sie es Aaron zurück. »Zwanzig ist echt früh für ein Kind. Und er war auch nicht viel älter. Vielleicht waren sie total überfordert und er hat sie nach der Geburt einfach sitzen lassen. Das hat sie ihm nie verziehen. Und darum will sie jetzt auch keinen Kontakt mehr.«

»Wenn es so einfach und logisch ist, warum sagt sie mir das nicht? Warum erzählt sie mir, dass er tot ist?«

»Weil sie dich kennt. Weil sie weiß, dass du ihn dann treffen willst. Aber sie will ihn nicht mehr in ihrem Leben.«

»Aber hier geht es nicht um Sabines Leben. Hier geht es um mich. Ich hab das Recht darauf, meinen Vater kennenzulernen.«

»Wie hast du seine Adresse rausgekriegt?«, fragte Phoebe. »Auf der Postkarte ist nur eine Telefonnummer.«

Er zögerte einen Moment lang.

»Ich weiß die Adresse noch nicht.«

»Wie bitte? Ja, aber … Amsterdam ist riesig. Wie willst du ihn denn da finden?«

Noch ein Schulterzucken.

»Aaron? Hast du einen Plan, wie du ihn finden willst? Ja oder nein?«

Er starrte an die Decke, als hätte er sie nicht gehört. Sie beugte sich über ihn, sodass er ihrem Blick nicht länger ausweichen konnte. »Ja oder nein?«

Da streckte er seine Hand aus, zog sie an sich und küsste sie.

Sie war so überrascht, dass sie zuerst stocksteif in seinen Armen lag.

Aaron Schneider. Küsst Phoebe Huggins. In einem Hotelzimmer in Amstelveen, Holland.

Es fühlte sich kein bisschen seltsam an. Sondern ganz richtig.

Phoebe Huggins küsste Aaron Schneider.

Und spürte ihr Herz im ganzen Körper schlagen, in der Brust, im Bauch, in den Füßen, sogar in den Fingerspitzen schlug ihr Herz. Oder war es in Wirklichkeit sein Herzschlag, den sie fühlte? Phoebe schloss die Augen und merkte, wie sich ihr Körper auflöste, wie er in Aaron hineinfloss. Kurz bevor sie sich ganz verlor, hörte sie Hannahs Stimme.

Bist du verrückt?, schrie Hannah, ihre Stimme gellte durch Phoebes Kopf. Was willst du denn mit dem?

Hau ab, dachte Phoebe. Da verschwand Hannah wieder. Und Phoebe zerfloss.

Ihre Körper passten perfekt zusammen. Phoebe schmiegte ihr Kinn an Aarons Schulter. Es fügte sich wunderbar in die kleine Kuhle unter seinem Schlüsselbein. Sein linker Arm hielt sie fest, seine rechte Hand streichelte ihre Wange, ihr Haar, ihr Ohr. So musste es sein, genau so und nicht anders.

»Du machst das nur, damit du mir nicht antworten musst«, flüsterte Phoebe.

Aber auch darauf bekam sie keine Antwort.

Sie schliefen Arm in Arm ein, und als sie wieder aufwachten, war es kurz vor elf.

»Wenn wir noch Frühstück wollen, müssen wir uns beeilen«, sagte Aaron und sprang aus dem Bett. Ohne Phoebe zu umarmen, ohne sie auch nur zu berühren. Er verschwand im Bad, bevor sie fragen konnte, ob es ihm schon wieder leidtat, dass er sie geküsst hatte.

Als sie ins Erdgeschoss kamen, räumte Connie gerade den Frühstückstisch ab.

»Frühstück bis elf«, sagte sie und warf einen strafenden Blick auf die Uhr.

»Sind doch noch fünf Minuten«, sagte Aaron und setzte sich. »Ich hätte gerne einen Kaffee.«

»Ich auch. Und Rührei. Haben Sie Rührei?«

Connie starrte Phoebe an, als hätte sie nach Kaviar und Austern gefragt.

»Bitte«, sagte Phoebe und klimperte mit den Wimpern. »Wir haben solchen Hunger.«

»Wir müssen so viel wie möglich essen«, flüsterte sie Aaron zu, als Connie in der Küche verschwunden war. »Wer weiß, wann wir wieder was kriegen.«

Aaron nickte, aber sie merkte, dass er mit seinen Gedanken ganz woanders war.

Er nahm sich auch kein Brötchen aus dem Korb, sondern rührte nur gedankenverloren in seiner Tasse.

»Wir müssen uns trennen«, sagte er schließlich.

Also doch. Es tat ihm leid.

»Das ging aber schnell«, sagte Phoebe. »Normalerweise halten es die Typen wenigstens eine Woche mit mir aus.«

»So mein ich das nicht. Du musst zurück nach Hause.«

»Ich muss zurück nach Hause. Und du nicht?«

»Wir gehen noch mal zu Jolli und leihen uns von ihm das Geld für dein Bahnticket.«

»Leihen? Jolli soll uns was leihen? Das ist gut. Wie wär's mit zurückgeben?«

»Wir wissen doch gar nicht, ob er die Kohle geklaut hat. Vielleicht hat er gar nichts damit zu tun.«

»Warum sollte er mir das Geld für den Zug leihen?«

»Weil ich ihn in der Hand habe. Ich weiß so viele Sachen … Er muss mir helfen, sonst hat er ein dickes Problem.«

»Du willst ihn erpressen? Aaron! Er ist dein Freund.«

Aaron schüttelte den Kopf. »Er ist nicht mehr mein Freund. Vielleicht war es auch nie. Ist auch egal. Er soll uns das Geld ja nicht schenken. Du kannst es ihm zurückzahlen, wenn du wieder in Düsseldorf bist.«

Sie nahm einen Schluck Kaffee. Er schmeckte bitter und verbrannt, wahrscheinlich hatte Connie ihn vor Stunden gekocht. Aber er machte sie wach und das war gut. »Okay, nehmen wir mal an, es funktioniert. Er gibt mir die Kohle, ich fahre nach Hause. Und du? Was ist mit dir? Wie willst du in Amsterdam irgendwas erreichen, ohne einen Cent in der Tasche?«

Er trank seine Tasse aus und schenkte sofort wieder nach. »Das ist mein Problem.«

Seine Hände, die die Tasse hielten und zum Mund führten. Gestern hatten sie Phoebe noch gestreichelt. Und jetzt konnte er sie nicht schnell genug loswerden.

»So geht das nicht, Aaron«, sagte Phoebe.

»Doch. Es geht genauso und nicht anders. Ich such meinen Vater. Nicht erst seit ich die Karte gefunden habe, ich such ihn schon, seit ich auf der Welt bin. Ich bin so nah dran wie nie zuvor. Und ich werde ihn finden. Aber ich kann das nur allein schaffen, Phoebe.«

»Warum?«, fragte Phoebe. »Wieso willst du mich nicht dabeihaben?«

»Ich werde mich irgendwie nach Amsterdam durchschlagen und so schnell wie möglich einen Job suchen. Irgendwas werd ich schon kriegen, in einer Bar oder in einem Laden. Zur Not schlaf ich am Anfang im Park oder unter der Brücke.«

»Unter der Brücke? Ist das dein Ernst?«

»Was soll denn passieren? Ausgeraubt haben sie mich schon, jetzt kann mir niemand mehr was klauen.«

»Und wenn sie dich zusammenschlagen?«

»Warum sollte mich jemand zusammenschlagen?«

»Amsterdam ist nicht Düsseldorf. Da sind ganz andere Typen unterwegs.«

Er lachte. »Lass das mal meine Sorge sein.«

»Nein, Aaron«, sagte Phoebe. »Das ist nicht mehr nur deine Sorge. Das ist jetzt auch meine. Was war denn das letzte Nacht? Du hast mich geküsst, schon vergessen?«

»Nein«, sagte er. »Natürlich nicht. Aber …«

»Nichts aber«, erklärte Phoebe. »Ich lass dich nicht allein. Ich komme mit.«

Er schloss die Augen und seufzte. »Phoebe. Das macht alles nur total kompliziert. Wir haben kein Geld. Und ich hab keine Ahnung, wo mein Vater steckt. Es kann Wochen dauern, bis wir ihn finden …«

»Zu zweit findet man mehr als allein. Das ist ja wohl klar.«

»Du bist minderjährig. Wenn deine Eltern mitkriegen, dass du weg bist …

»Im Moment haben sie keine Ahnung. Sie glauben, ich bin

bei Hannah. Und die wird ihnen bestimmt nicht erzählen, dass ich verschwunden bin.«

»Aber sie kommen doch bald zurück.«

»Am Mittwoch. Das sind noch drei Tage, wenn man heute mitzählt. Da kann man viel erreichen.«

»Am Mittwoch fährst du zurück nach Hause? Das versprichst du mir?«

»Mal sehen«, sagte Phoebe.

Er verbarg das Gesicht in seinen Händen und stöhnte leise.

»Meinetwegen«, sagte Phoebe. »Ich versprech's.«

»Bis Mittwoch«, sagte er. »Aber wie stellst du dir das vor? Ohne Geld.«

»Dazu fällt mir schon noch was ein.«

»Da bin ich ja gespannt.«

»Aber vorher musst du mir alles über deinen Vater erzählen. Was ist mit dieser Telefonnummer auf der Karte? Hast du da mal angerufen?«

»Natürlich.« Aaron schüttelte den Kopf. »Die Nummer ist nicht mehr gültig.«

»Keine Telefonnummer, keine Adresse. Und sein Nachname? Kennst du den wenigstens?«

»Schwarz. Henning Schwarz. Irgendwo in Amsterdam. Oder auch nicht. Im Telefonbuch hab ich ihn jedenfalls nicht gefunden.«

»Er kann ja auch längst in eine andere Stadt umgezogen sein. Vielleicht wohnt er inzwischen in Timbuktu.«

»Kann sein. Glaub ich aber nicht.«

»Wieso nicht?«

»Mein Gefühl sagt mir, dass er hier ist. Ganz in der Nähe.«

»Aha. Na, dann muss es ja stimmen.«

Jetzt kam Connie mit einer Pfanne voll Rührei an den Tisch. »So, bitte schön!«, sagte sie und verteilte die Eier auf zwei Tellern. »Sonst noch ein Wunsch?«

»Noch ein bisschen Kaffee, bitte.« Aaron hob die leere Thermoskanne.

»Du kannst meine Portion auch haben«, sagte er, als Connie wieder weg war. »Ich krieg jetzt keinen Bissen runter.«

»Du spinnst wohl.« Phoebe tippte sich mit dem Finger an die Stirn. »Solche Mätzchen können wir uns nicht erlauben, wir sind schließlich arme Leute. Wenn du dein Brötchen nicht willst, gib's mir, ich pack es ein. Für später.«

Er öffnete den Mund, um zu widersprechen, aber dann machte er ihn wieder zu. Es war ja auch sinnlos, er hatte keine Chance gegen sie.

Sie lächelte ihn an. »Alles wird gut, Aaron. Du musst mir bloß vertrauen.«

Aaron

Warum hatte er sie geküsst? Es war einfach so über ihn gekommen. Sie war über ihn gekommen und hatte ihn angesehen und er hatte nicht widerstehen können.

Es hätte ihn nicht gewundert, wenn sie ihm eine gefeuert hätte. Oder ihn zumindest abgewehrt hätte. Stattdessen erwiderte sie seinen Kuss.

Und lag danach neben ihm, lag einfach so in seinem Arm und atmete ihm ins Ohr, dabei war er der absolute Freak in der Schule und sie war die Prinzessin.

Es war schön, es war schöner als alles, was er bisher mit einem Mädchen erlebt hatte. Obwohl gar nichts passiert war, außer dem Kuss.

Als er aufwachte, schlief sie noch, er hatte eine Viertelstunde Zeit, sie anzusehen, ohne dass sie es merkte. Er sah, wie schön sie war. Die braunen Haarsträhnen, die ihr übers Gesicht fielen. Die langen Wimpern. Der winzige hellbraune Fleck unter ihrem linken Auge. Ihr Mund, die Unterlippe so voll, die Oberlippe ein bisschen schmaler. Am liebsten hätte er sie gleich noch einmal geküsst. Aber er wollte sie nicht wecken.

Er wollte sie so lange wie möglich ansehen, bis sie von selbst aufwachte. Und alles vorbei wäre.

Es ging nicht anders. Sie mussten sich trennen. Er musste Henning finden. Er war ganz nah an ihm dran, das spürte er genau. Er durfte jetzt nicht aufgeben. Phoebe würde das nicht verstehen. Sie war ja auch mit beiden Eltern aufgewachsen und hatte diese Leerstelle nicht gespürt, dieses schwarze Loch, das Aarons Leben bestimmt hatte und alle Kraft und Energie aus ihm herausgesaugt hatte.

Henning, sein Vater. Henning, das Loch. Als Aaron auf die Welt gekommen war, war er fünfundzwanzig Jahre alt gewesen, nur ein paar Jahre älter als Aaron jetzt. Und heute wäre er dreiundvierzig.

Nicht »wäre«, korrigierte sich Aaron in Gedanken. »War«. Henning war nicht tot, er lebte. Und wartete auf ihn.

Call me anytime.

Wie er es geliebt hatte, wenn Sabine ihm Geschichten von Henning erzählt hatte. Er hatte sich vorgestellt, was für ein wunderbarer Vater er geworden wäre. Wenn er nicht gestorben wäre. Er hatte sich vorgestellt, dass Henning ihn beobachtete, dass er ihn auf dem Schulweg begleitete und in der Klasse neben ihm saß und nach der Schule wieder nach Hause brachte.

Mach dir nichts aus dem Blödmann, sagte Henning, wenn Jesse Aaron an den Haaren zog und »Loreley« nannte.

Ist doch egal, sagte er, wenn im Sportunterricht die Mannschaften gewählt wurden und Aaron bis zum Schluss übrig blieb.

Wegen Henning hatte Aaron mit dem Gitarrespielen begonnen, kaum dass er alt genug war, eine Gitarre zu halten. Sabine hatte versucht, ihn davon abzubringen.

»Fang doch lieber mit Klavier an«, hatte sie vorgeschlagen. »Gitarre kannst du dann später lernen.«

Aber da hatte Aaron nicht mit sich reden lassen. Er wünschte sich eine Gitarre zum Geburtstag und begann wie ein Verrückter zu üben. Mit neun beherrschte er alle Stücke von *Genesis*, weil Sabine ihm einmal erzählt hatte, dass das Hennings Lieblingsband gewesen war.

Vielleicht war das ja auch gelogen, dachte er jetzt. Vielleicht war Henning gar kein Musiker, sondern Kaminfeger oder Bäcker oder Sachbearbeiter in einer Versicherung. Alles, was Aaron über ihn wusste, wusste er von Sabine, und der konnte er nicht trauen, das war ihm ja jetzt klar geworden.

Es war gut, dass er ihr nichts von seinem Plan erzählt hatte. Sabine hätte nur versucht, ihm alles auszureden. Sie hätten sich gestritten, aber das hätte nichts geändert.

Er musste Henning finden. Er musste wissen, wie er wirklich war. Und warum er Sabine und Aaron verlassen hatte.

Henning war wichtiger als alles andere. Wichtiger als Phoebe, die neben ihm lag und schlief und nichts von seinen Gedanken ahnte.

Als sie die Augen öffnete, atmete er tief ein und dann langsam wieder aus. Sein Entschluss stand fest, er würde die Sache durchziehen. Und zwar allein.

Aber natürlich akzeptierte sie das nicht. Sie war so ein verdammter Dickschädel.

Sie wollte einfach nicht kapieren, dass sie ihm bei der Suche nach Henning keine Hilfe war, sondern eine Belastung. Zu zweit benötigten sie doppelt so viel Geld und sie konnten auch nicht einfach irgendwo pennen, sondern brauchten einen sicheren Schlafplatz.

Das war Phoebe jedoch ganz egal.

»Ich lass dich nicht allein. Ich komme mit«, sagte sie.

»Wie stellst du dir das vor? Ohne Geld?«, fragte Aaron.

»Dazu fällt mir schon noch was ein.«

Wenn er sie bloß nicht geküsst hätte. Das machte alles noch viel komplizierter, als es ohnehin schon war. Bevor er sie geküsst hatte, hätte er ihr vielleicht noch begreiflich machen können, dass sie nichts miteinander verband, dass sie sich zufällig getroffen hatten und auch einfach so wieder trennen konnten. Aber nach dem Kuss nahm sie ihm das nicht mehr ab.

Nach dem Kuss nahm er sich das selbst nicht mehr ab.

Er wollte ja gar nicht, dass sie zurück nach Düsseldorf fuhr. Er wollte mit ihr zusammen sein, den ganzen Tag und die ganze Nacht.

»Alles wird gut«, sagte Phoebe. »Du musst mir bloß vertrauen.«

Aber wie sollte alles gut werden, wenn sie keinen Cent mehr in der Tasche hatten und das Guthaben vom Handy leer war? Trampen konnten sie innerhalb von Amsterdam vergessen, und wenn man sie beim Schwarzfahren in der Bahn erwischte, dann landeten sie sofort auf der nächsten Polizeiwache.

»Wir fahren immer nur zwei oder drei Stationen«, schlug Phoebe vor. »Und bleiben während der Fahrt neben der Tür stehen. Wenn Kontrolleure kommen, steigen wir direkt wieder aus.«

»Das geht in Amsterdam nicht«, sagte Aaron. »Da sitzen die Kontrolleure in jeder Straßenbahn. Beim Einsteigen musst du dein Ticket zeigen.«

Sie legte die Stirn in Falten. »Wie weit ist es eigentlich bis ins Stadtzentrum?«

»Nicht weit. Zehn oder elf Kilometer.«

»Perfekt. Da fahren wir doch einfach mit dem Fahrrad.«

»Mit welchem Fahrrad? Hast du eines?«

»Wir leihen uns Räder.«

»Kostet Geld, haben wir nicht.«

»Jolli«, sagte Phoebe. »Jolli hat bestimmt ein Fahrrad. Und seine Mutter auch.«

Es war geradezu lächerlich einfach, ins Haus zu kommen. Sie drückten auf einen der Klingelknöpfe und warteten, bis ihnen jemand die Tür aufmachte.

»Hallo?«, brüllte eine Männerstimme von oben herunter, als sie ins Treppenhaus schlüpften.

Phoebe legte den Finger auf die Lippen. Aaron hielt den Atem an.

Sie warteten ein paar Minuten lang, bis der Typ oben das Interesse verlor und seine Wohnungstür wieder zuknallte und schlichen zur Kellertür. Sie war zwar abgeschlossen, aber sinnigerweise hing der Schlüssel an einem Nagel an der Wand. Erst als die Tür hinter ihnen wieder zu war, schaltete Aaron das Licht an.

»Und jetzt?«, flüsterte Phoebe.

»Müssen wir den Fahrradkeller finden.«

Die Tür im Untergeschoss führte in einen großen Raum, der durch Bretterwände und Gänge in viele kleine Kellerabschnitte unterteilt war. Zu jeder Wohnung gehörte ein Verschlag, in dem die Mieter Umzugskartons und Kisten, Werkzeug, alte Möbel, Farbeimer und anderes Gerümpel aufbewahrten. In einem Kellerabteil stand sogar ein Klo.

»Weit und breit kein Rad zu sehen«, flüsterte Phoebe. »Das gibt's doch nicht. Jeder in diesem Land hat ein Fahrrad. Irgendwo müssen sie die Dinger doch aufbewahren.«

»Dahinten«, sagte Aaron und zeigte auf eine Brettertür am Ende des Ganges. Durch die Zwischenräume neben den Holzlatten sah man die Fahrräder, die dahinter aufgereiht waren.

»Bingo«, flüsterte Phoebe. »Wer sagt's denn.« Sie wollte die Tür aufziehen, aber es ging nicht. »So ein Mist. Abgeschlossen.«

»Das ist nur ein Vorhängeschloss.« Aaron tastete in seiner Tasche nach einer Büroklammer und fand keine. Früher hatte er immer eine dabeigehabt, aber seit sie wieder in Düsseldorf lebten, hatte er kein Schloss mehr geknackt.

»Warte mal hier.« Er rannte durch die Gänge, bis er in einem der Verschläge eine Drahtrolle fand, die so nah an der Tür lag, dass er sie durch das Holzgitter nach draußen ziehen konnte. Eine Zange wäre gut gewesen, um ein Stück Draht abzuschneiden, aber er entdeckte keine. Es muss so gehen, beschloss er.

»Sag mal, machst du das öfter?«, fragte Phoebe, als er das eine Ende des Drahtes in das Schloss einführte und zur Seite drückte. Dann fummelte er das andere Ende aus der Rolle, steckte es in die Öffnung und drückte damit die Pins zur Seite, sodass sich die Verriegelung löste. Er war aus der Übung, es dauerte ziemlich lange, bis das Schloss aufsprang. Phoebe war dennoch sichtlich beeindruckt.

Im Schuppen stand ein gutes Dutzend Fahrräder.

»Hast du eine Ahnung, welches Jolli gehört?«, fragte Phoebe.

»Natürlich nicht.« Er zögerte. »Such dir eines aus. Wir geben es ja wieder zurück.«

Phoebes Blick flog über die Räder. »Was sagst du zu dem

da?« Ein schwarzes Hollandrad mit Korb am Lenker. Nicht zu alt, nicht zu neu. Und die Rahmenhöhe war perfekt für Phoebe.

Aaron entschied sich für ein dunkelblaues Rennrad. Aber dann fiel ihm auf, dass er seinen Rucksack und die Gitarre unmöglich zusammen transportieren konnte.

»Gib mir die Gitarre«, sagte Phoebe. »Ich hab doch kein Gepäck.«

Sie schnallte sich das Instrument wie einen Rucksack auf den Rücken und zwinkerte ihm zu. »Siehst du? Ist doch gut, dass du mich mitgenommen hast.«

Sie verließen den Keller durch den Hinterausgang, eine schwere Metalltür, die nur mit einem Schnappschloss gesichert war. Über eine Rampe kam man in den Hinterhof, von dort ging ein Tor auf die Straße.

»Das war ja kinderleicht«, sagte Phoebe, als sie wieder vor dem Haus standen. »Kein Wunder, dass es so viele Fahrraddiebe gibt.«

»Lass uns abhauen«, gab Aaron nervös zurück. »Bevor uns jemand sieht.«

Er blickte nervös an der Hauswand nach oben. Irgendwo da drüben war Jollis Fenster. Vielleicht guckte er ja gerade raus und sah Aaron mit dem geklauten Fahrrad. Ob er sie verpfeifen würde? Vermutlich nicht. Sie hatten ja zusammen schon so viele Schlösser geknackt und allen möglichen Kram mitgehen lassen. Früher, als sie Freunde gewesen waren. Und jetzt beklauten Jollis Freunde Aaron und der stieg in Jollis Haus ein und brach den Fahrradkeller auf.

»Wohin?«, fragte Phoebe.

»Erst mal ein paar Straßen weiter.« Aaron schwang sich in den Sattel und radelte los. Mit jedem Meter, den er zwischen sich und Jollis Haus legte, fühlte er sich ruhiger. Früher hatte das richtig Spaß gemacht: Schlösser zu knacken, in Häuser einzusteigen, irgendwelchen Kram zu klauen, den er eigentlich gar nicht brauchte. Er hatte diesen Kick geliebt. Das Gefühl, etwas Verbotenes zu tun. Sich nicht erwischen zu lassen.

Vorbei. Jetzt machte ihn das Ganze nur nervös. Phoebe war dagegen bester Laune. Sie summte vor Vergnügen, als sie ihn einholte und neben ihm herfuhr.

»Was ist denn mit dir los?«, fragte sie, als sie sein Gesicht sah. »Ist dir schlecht?«

»Irgendwie schon. Wenn man uns mit den Rädern erwischt …«

»Wer sollte uns denn erwischen? Der Fahrradschuppen ist wieder abgeschlossen, wir haben nichts kaputt gemacht. Und bis die Leute merken, dass ihre Räder weg sind, haben wir sie längst wieder zurückgegeben. Entspann dich, Aaron. Alles läuft perfekt.«

»Ach ja? Dann sag mir doch mal, wie wir von hier aus ins Zentrum von Amsterdam kommen?«

»An der nächsten Kreuzung gibt es bestimmt Schilder.«

»Die führen uns aber zur Schnellstraße, das nützt uns gar

nichts. Wir brauchen einen Radweg. Wie finden wir den ohne Internet?«

»Das ist doch kein Problem«, behauptete Phoebe. Und es stimmte. Sie fragte ein paar Studenten, die ihnen den Weg zeigten.

Eine Dreiviertelstunde später sprangen sie an der Herengracht von den Rädern.

»Ist das schön hier!«, sagte Phoebe. Sie legte den Kopf in den Nacken und reckte die Arme in die Sonne. »Diese Stadt ist ja so cool.«

Aaron blickte sich um. Vor ihnen glitzerte der Kanal in der Sonne, über dem Wasser schwebten Möwen. Zu beiden Seiten der Gracht drängten sich die roten Klinkerhäuser dicht an dicht zusammen. Weiße Sprossenfenster und darüber spitze Giebel. Er war erst einmal in Amsterdam gewesen, zusammen mit Sabine, das war mindestens sieben Jahre her. Sabine hatte damals ein Konzert gegeben und Aaron hatte sie begleitet. Sie hatten in einem schicken Hotel übernachtet und das Wochenende genossen, obwohl es in Strömen geregnet hatte. »Amsterdam ist meine Lieblingsstadt«, schwärmte Sabine seitdem immer.

Aber seit diesem Wochenende waren sie nie mehr wieder hingefahren. Natürlich nicht, dachte Aaron. Sabine wusste ja schon viel länger als Aaron, dass Henning hier lebte. Und auch wenn Amsterdam riesig war – das Risiko, dass er ihr und Aaron plötzlich über den Weg lief, war einfach zu groß.

Ob sie sich erkennen würden, wenn sie sich jetzt begegneten? Auf dem Foto sah Henning Aaron ziemlich ähnlich. Aber seit der Aufnahme waren achtzehn Jahre vergangen. Vielleicht hatte er heute eine Glatze oder trug einen Vollbart oder war total fett. Der Mann, der dort drüben sein Fahrrad abschloss – vielleicht war das Henning? Oder der Typ, der mit Kopfhörern an ihnen vorüberjoggte?

»Wir finden ihn schon«, sagte Phoebe, die seinem Blick gefolgt war.

Sie wollte ihn damit ermutigen und aufbauen, aber sie erreichte genau das Gegenteil. Wir finden ihn schon. Als ob es ein Kinderspiel wäre, in einer fremden Großstadt einen Typ aufzuspüren, von dem man nur den Namen kannte.

»Aber vorher wär was Essbares ganz gut«, sagte Phoebe.

Essen. Wie konnte Phoebe jetzt an Essen denken! Sie tat ja gerade so, als ob sie zum Spaß hier wären.

»Ich habe keinen Hunger«, sagte Aaron, aber das stimmte nicht. Sein Magen protestierte mit empörtem Knurren. Verräter.

Phoebe lachte. »Hier.« Sie holte zwei Käsebrote aus der Tasche, die sie beim Frühstück gestrichen und in eine Serviette gepackt hatte. »Pizza wär besser, aber das hilft zumindest gegen das Loch im Bauch.«

Er hätte gerne abgelehnt, nur um ihr zu zeigen, dass ihn ihre gute Laune nervte. Aber seine Knie waren plötzlich ganz weich vor Hunger.

»Danke.« Er biss ins Brot und begann zu kauen. Und musste sich beherrschen, dass er die Stulle nicht in ein paar Bissen hinunterschlang.

»Das war das«, sagte Phoebe, als sie aufgegessen hatten. »Und was machen wir jetzt?«

»Eine Stadtrundfahrt?«, schlug Aaron vor. Das war natürlich sarkastisch gemeint, aber Phoebe nickte, als ob sie den Vorschlag ganz vernünftig fände.

»Keine schlechte Idee. Ich werd mal ein bisschen rumfahren und mich umhören, ob irgendjemand was über deinen Vater weiß.«

»Wie meinst du das? Wen willst du denn fragen? Irgendwelche Leute auf der Straße?« Aaron wies mit dem Kopf auf eine Gruppe Japaner, die gerade aus dem Bus stieg.

»Quatsch. Ich such erst mal die nächste Touristeninformation.«

»Die Touristeninformation? Was soll das denn bringen?«

»Da besorg ich mir einen Stadtplan und die Adressen von allen Musikschulen in der Stadt. Und die klappere ich dann eine nach der anderen ab. Also zumindest die im Zentrum. Bei den Vororten muss man mal schauen. Vielleicht können wir da ja anrufen.«

»Aber wie kommst du darauf, dass du Henning in einer der Musikschulen findest? Er ist Musiker, das stimmt, aber das bedeutet doch noch lange nicht, dass er Gitarrenunterricht gibt.«

»Na ja, von irgendwas muss er ja leben. Und so richtig berühmt ist er wohl nicht, sonst wärst du beim Googeln längst auf ihn gestoßen. Kann natürlich sein, dass er inzwischen als Staubsaugervertreter arbeitet und die Gitarre an den Nagel gehängt hat. Oder dass er nicht in einer Musikschule unterrichtet, sondern Privatstunden gibt. Aber vielleicht kennt ihn einer der Musiklehrer. Die Szene ist bestimmt nicht so riesig.«

Aaron zuckte mit den Schultern. »Versuchen können wir es ja mal«, meinte er schließlich widerwillig.

»Nicht wir«, sagte Phoebe. »Ich. Du bleibst hier und verdienst Geld.« Sie schnallte die Gitarrentasche ab und reichte sie ihm. »Hier. Bitte schön.«

»Wie jetzt?«

»Straßenmusik. Das wäre zumindest mein Vorschlag. Du kannst natürlich auch strippen oder auf dem Seil tanzen, wenn dir das lieber ist.«

»Das ist nicht witzig, Phoebe.«

»Wenn dir mein Vorschlag nicht gefällt, dann mach einen besseren.«

Er fand den Vorschlag ja gar nicht schlecht. Es passte ihm nur nicht, dass Phoebe durch die Stadt kreuzte und Detektiv spielte, während er in der Fußgängerzone Gitarrenstücke klimperte. Es ging schließlich um seinen Vater.

»Sollen wir uns nicht beide auf die Suche machen? Da wären wir doch viel schneller fertig.«

»Wir brauchen aber auch Kohle. Irgendwann kriegen wir wieder Hunger. Und schlafen müssen wir auch irgendwo.«

»Ich weiß gar nicht, ob man hier einfach so spielen darf. Als Straßenmusiker brauch ich doch bestimmt eine Genehmigung.«

»Ach was. Wir sind doch hier nicht in Deutschland, sondern in Amsterdam. Und selbst wenn es so wäre – bis sie dich erwischen, hast du längst das Geld für unser Abendessen und die Übernachtung eingespielt.«

»Na, du bist ja optimistisch.«

»Immer. Dahinten liegt der Bloemenmarkt, da tummeln sich Zillionen von Touristen, das ist eine 1a-Lage«, sagte Phoebe, als hätte sie das schon hundertmal gemacht. »Pass nur auf, dass du dein Fahrrad beim Spielen nicht aus den Augen verlierst. Nicht dass es uns am Ende noch jemand klaut.«

»Sonst noch was?«

»Ja. Du musst unbedingt auf dem Platz bleiben. Sonst finden wir uns nicht wieder. Wir haben schließlich beide kein Handy mehr.«

Auf dem Bloemenmarkt gab es viele Blumen und noch mehr Touristen. Japaner, Chinesen, Deutsche und Amerikaner drängten sich dicht an dicht am Ufer der Gracht und auf den Stegen und Decks der Hausboote, wo Schnittblumen und Schnickschnack angeboten wurden. Einige kauften Sträuße oder Souvenirs. Die anderen hielten ihre Handys hoch und fotografierten alles, was sich bewegte oder bunt war.

»Perfekt«, sagte Phoebe. »Hundert Euro.«

»Wie bitte?«

»In einer Stunde hast du hier hundert Euro zusammen. Locker.«

»Du spinnst doch. Hast du schon mal Straßenmusik gemacht? Mit zehn Euro in der Stunde bist du richtig gut bedient. Gerade Touristen sind total knausrig.«

»Ach was. Du machst das schon. Ich muss jetzt los. Ciao oder wie immer das auf Holländisch heißt.« Sie schwang sich auf den Sattel und fuhr weg, ohne sich noch mal nach ihm umzudrehen.

Am Anfang lief es richtig gut. Er spielte alle Popstücke, die er beherrschte. »Tears in Heaven«, »Hey Jude«, »Bridge over troubled Water«, »Guantanamera«. Weil er ohne Verstärker spielte, war seine Gitarre total leise, er hatte das Gefühl, dass die Musik auf dem lauten Platz vollkommen unterging. Aber den Touristen schien es trotzdem zu gefallen. Die Münzen regneten auf seine Gitarrentasche, die er vor sich hingelegt hatte, weil er keinen Hut dabeihatte. Nach jedem Stück sammelte er das Geld ein und stopfte es in seine Tasche. Nach einigen Minuten hatte er fünfzehn Euro zusammen. Wenn das so weiterging, kam er locker auf einen Stundenlohn von hundert.

Er spielte gerade zum zweiten Mal »Hey Jude«, als zwei Polizisten vor ihn traten. Zuerst hatte er noch die Hoffnung, dass sie die Musik schön fanden und einfach nur zuhören wollten, aber als er ihre finsteren Gesichter sah, wusste er Bescheid und hörte auf zu spielen.

»*Hier mag u niet spelen*«, sagte der eine Polizist, ein dicker Kerl mit Schnauzer.

»Bitte?«, fragte Aaron, dabei hatte er schon verstanden.

»Deutsch?«, fragte der Kleinere der beiden. »Hier darf man keine Musik machen.«

»Oh«, sagte Aaron. »Das wusste ich nicht.«

»Jetzt wissen Sie«, sagte der Dicke. »*Fijne dag nog.*«

Die beiden hatten sich schon abgewandt, als Aaron reagierte. »Geht es denn anderswo?«, rief er ihnen nach.

»Wie bitte?«

»Ist Straßenmusik nur hier auf dem Platz verboten oder in der ganzen Stadt?«

»Auf den Plätzen ist es verboten«, sagte der Dicke mit dem Schnauzer. »Und auf einigen Straßen.«

Der Kleinere rasselte eine lange Liste von Straßennamen herunter, die Aaron allesamt nicht verstand. Und wenn er sie verstanden hätte, hätte er sie sich nicht merken können.

»Wo genau ist es erlaubt?«, fragte er. »Könnten Sie mir vielleicht eine Stelle zeigen, an der ich spielen darf?«

Da sahen sich die beiden Polizisten verwirrt an, offensichtlich war noch nie jemand auf die Idee gekommen, sie das zu fragen. Sie wechselten ein paar Sätze auf Holländisch, dann nickte der kleinere Aaron zu. »Dann kommen Sie mal mit.«

Aber so schnell ging das nicht, Aaron musste ja erst seine Gitarre verpacken. Danach schnallte er sich den Rucksack auf den Rücken, packte die Gitarrentasche mit der einen Hand und versuchte mit der anderen das Rad zu schieben, aber das funktionierte nicht.

»Moment noch.« Er schwitzte jetzt.

»Geben Sie mal her«, sagte der kleinere Polizist und griff nach dem Fahrrad. »Ganz schön viel Gepäck. Wie sind Sie denn mit dem ganzen Zeug überhaupt hierhergekommen?«

»Vorher war meine Freundin dabei. Aber die ist jetzt unterwegs.«

»Aha.«

»Woher kommen Sie?«, fragte der Schnauzbart. »Berlin? Köln?«

»Düsseldorf«, sagte Aaron.

»Mit dem Fahrrad?«, fragte sein Kollege. »Gute Strecke, alle Achtung.«

Aaron nickte und schwitzte noch mehr. Der kleine Polizist schob das gestohlene Fahrrad und pfiff dabei die Melodie von »Hey Jude.«

»*Lekker nummer*«, sagte der Schnauzbart.

Aaron

Sie brachten ihn in eine kleine Seitenstraße, die vom Rembrandtsplein abzweigte.

»Hier können Sie bleiben«, sagte der kleinere Polizist und lehnte das Fahrrad an einen Laternenmast. »Viel Spaß noch.« Der Dicke warf sogar noch einen Euro in Aarons Gitarrentasche, bevor sie verschwanden.

Leider war es der einzige Euro, den Aaron in der nächsten Stunde einnehmen sollte. In der schmalen Gasse, in der er jetzt stand, waren nämlich kaum Leute unterwegs. Und die wenigen Passanten schienen alle Holländer zu sein, die weder Zeit noch Lust hatten, einem Straßenmusiker zuzuhören.

Er spielte dennoch tapfer weiter, bis ihm einfiel, dass er Phoebe versprochen hatte, sich nicht vom Bloemenmarkt fortzubewegen. Aber wenn er dorthin zurückwollte, hatte er wieder ein Transportproblem. Verdammt, warum hatte er sich kein Fahrrad mit Gepäckträger ausgesucht, sondern dieses dämliche Rennrad, auf dem man nichts befördern konnte? Er hievte den Rucksack auf den Rücken, schob die Gitarrentasche darüber und fühlte sich wie eine riesige

Schildkröte, während er in winzigen Schritten zum Bloemenmarkt zurückschlich.

Phoebe wartete schon auf ihn. Sie lehnte an einem Laternenmast und sah sehr genervt aus.

»Wo warst du denn? Wir haben doch ausgemacht …«

»Hier auf dem Platz ist Straßenmusik verboten«, unterbrach er sie. »Und in den Straßen, in denen es erlaubt ist, ist absolut tote Hose.«

»Wie viel hast du verdient?«

Er holte die Münzen aus der Tasche und zählte nach. »Sechzehn fünfundsechzig.«

»Mist.« Sie seufzte.

»Und du? Hast du was erreicht?«

»Ich war in drei Musikschulen. Es gibt noch zwei weitere, aber die liegen zu weit außerhalb.« Sie schüttelte den Kopf. »Fehlanzeige. Ich hab erst im Büro nach ihm gefragt und dann noch ein paar Musiklehrer angehauen, die da gerade herumschwirrten. Keiner kennt Henning Schwarz.«

»Wär ja auch zu schön gewesen.«

»Ich hab aber einen ganz netten Typ kennengelernt. Tobias, ein Deutscher, der hier Musik studiert. Der ist echt cool. Hat uns angeboten, dass wir bei ihnen pennen können.«

»Wir? Oder du?«, fragte Aaron.

»Wir beide. Wieso machst du so ein Gesicht? Mit der Kohle, die du eingenommen hast, kommen wir nicht weit. Ein Hotel kriegen wir dafür bestimmt nicht.«

»Aber Essen.«

Zwei Crêpes mit Nutella und Cola. Das war immerhin drin.

»Gut.« Phoebe schob zufrieden ihren Teller von sich. »Und jetzt machen wir das richtig mit der Musik.«

»Willst du spielen oder was?«

»Ich singe. Du begleitest mich. Gesang finden die Leute immer super, wirst du schon sehen.«

Die Touristen auf dem Bloemenmarkt hätten Phoebe und Aaron bestimmt super gefunden, aber in der Gasse hinter dem Rembrandtsplein interessierten sich die Passanten genauso wenig für Phoebes Gesang wie für Aarons Gitarrenspiel. Sie hasteten an ihnen vorbei, ohne sie auch nur eines Blickes zu würdigen. Aber dann änderte Phoebe ihre Taktik.

»*Hey, Mister! Over there*«, sang sie zur Melodie von »Like a Bridge over troubled Water«.

»*You with that yellow T-shirt,*
will you listen, please?
We are so poor
and desperate!
Oh please don't walk away!
Stop and listen to our song,
it will cheer you up.
And if you give us some Euros,
it will ease your mind.«

Dem Mann in dem gelben T-Shirt, den sie dabei anschmachtete, war das sichtlich peinlich. Um sich so schnell wie möglich aus der Affäre zu ziehen, warf er einen Fünf-Euro-Schein auf die Tasche und eilte weiter.

»Das war super«, rief Aaron begeistert. »Wie bist du denn so schnell auf den Text gekommen?«

»Keine Ahnung«, sagte Phoebe. »Kam einfach so aus mir raus.«

»Okay. Und was kommt bei dir raus, wenn ich ›Help‹ spiele?«

»Versuch's einfach mal, dann sehen wir es ja.«

Es kam eine ganze Menge raus und noch mehr rein. Denn die Leute, die Phoebe persönlich ansang, gaben eigentlich alle was. Manche blieben auch noch eine Weile stehen und hörten sich das nächste Lied an, und das wiederum zog andere an, die sehen wollten, was hier los war.

Immer mehr Leute strömten in die Gasse, inzwischen hatte sich eine Menge versammelt, die Phoebe zuhörte. Auch Aaron sah Phoebe an, während er spielte. Wie schön sie war. Es war nicht ihre Stimme, die die Leute anzog. Sie sang ganz gut, sicher und ziemlich laut, aber nicht außergewöhnlich. Es war ihre ganze Art, ihre Persönlichkeit. Wie sie dastand und von innen heraus zu strahlen schien. Aaron fühlte sich immer ein bisschen unbehaglich, wenn er auf einer Bühne stand und das Publikum ihn anstarrte. Phoebe liebte es.

»*Thank you, thank you, thank you!*«, sang Phoebe.

Dieser Musikstudent, den sie in einer der Musikschulen kennengelernt hatte, war bestimmt total scharf auf sie. Er ist echt cool, hatte Phoebe gesagt. Das war wahrscheinlich das Ende vom Lied. Sie würden bei diesem Tobias übernachten, Phoebe würde sich von ihm einwickeln lassen und morgen konnte Aaron dann allein weiterziehen.

Das wolltest du doch, hörte er Phoebe sagen. Du warst doch ganz wild darauf, mich loszuwerden.

Aber nicht so, dachte Aaron.

Begeisterter Applaus riss ihn aus den Überlegungen. Phoebe hüpfte übermütig auf und ab. »*Thank you, that's great!*«

»*More!*«, rief eine junge Frau.

Die anderen lachten und klatschten noch mehr. Vermutlich war es nur eine Frage der Zeit, bis die Polizei wieder auf sie aufmerksam wurde. Sie standen zwar jetzt in einer Straße, in der Straßenmusik erlaubt war, aber was, wenn die Bullen auf die Idee kamen, ihre Ausweise zu überprüfen? Dann war Phoebe geliefert.

»Wie viel haben wir zusammen?«, fragte Aaron leise.

»Keine Ahnung, ich hab nicht mitgezählt. Eine ganze Menge.«

»Das reicht. Wir machen Schluss.«

Sie setzten sich auf eine Bank an der Herengracht und zählten ihr Geld. Hundertelf Euro und ein paar Cent.

»Wow!«, sagte Phoebe. »Nicht schlecht dafür, dass ich nicht singen kann.«

»Du hast das absolut super gemacht. Ich finde, du solltest zum Fernsehen. Echt, Phoebe.«

»Wirklich?« Ihre Augen leuchteten auf. »Mir macht so was total Spaß.«

»Das merkt man.«

»Jetzt haben wir erst mal genug Kohle zum Essen und was wir sonst noch brauchen.«

»Wir suchen uns ein billiges Hotel …«

»Nein«, sagte Phoebe. »Kein Hotel. Lass uns bei diesem Tobias schlafen, ich hab die Adresse. Ist auch ganz zentral. Und der Typ ist wirklich in Ordnung, du wirst ihn mögen, da bin ich mir ganz sicher.«

Du wirst ihn mögen. Aber du magst ihn noch viel mehr, dachte Aaron. Du kannst es kaum erwarten, ihn wiederzusehen. Vorgestern hatte Phoebe Jesse geküsst, gestern Aaron und jetzt war dieser Tobias an der Reihe. Oder irgendein anderer cooler Typ, hinter dem alle Mädchen her waren, ein Typ, mit dem man sich sehen lassen konnte. Aaron war jetzt schon Vergangenheit und morgen würde Phoebe keinen Gedanken mehr an ihn verschwenden.

»Worüber denkst du nach?«, fragte Phoebe.

»Nichts«, sagte Aaron.

»Ich hab Tobias erzählt, dass wir auf der Suche nach Henning sind.«

»Was hast du?«, fragte Aaron. »Hast du ihm etwa auch gesagt, dass er mein Vater ist?«

»Ja. Ich meine, warum nicht? Hast du ein Problem damit?«

Aaron starrte sie fassungslos an. Er selbst hatte keiner Menschenseele anvertraut, dass er nach Amsterdam fuhr, um seinen tot geglaubten Vater zu finden. Nicht einmal Sabine. *Bin in Amsterdam. Ich denke, du weißt warum*, hatte er auf den Zettel geschrieben, den er ihr hingelegt hatte.

Und Phoebe erzählte es dem ersten Typ, den sie kennenlernte. Einfach so.

»Wenn wir Henning finden wollen, brauchen wir alle Hilfe, die wir kriegen können«, sagte sie. »Von nichts kommt nichts. Wir müssen mit den Leuten in der Musikszene reden, das ist unsere einzige Chance.«

»Wir« sagte Phoebe. Als ob es um ihren Vater ging, als ob sie sich tatsächlich für Henning interessierte. Oder für Aaron. Aber in Wirklichkeit hatte sie nur Lust auf eine spannende Schnitzeljagd, ein Abenteuer, von dem sie in ein paar Tagen ihren Freundinnen in der Schule erzählen konnte. Ich und Aaron, stellt euch das mal vor. Krass oder? Wir haben sogar miteinander geknutscht.

Nein, dachte Aaron, dass sie sich geküsst hatten, würde sie ihren Freundinnen lieber verschweigen, das wäre ihr in ein paar Tagen viel zu peinlich.

»Ich will nicht, dass du dich da so reinhängst, Phoebe«,

sagte Aaron. Seine Stimme klang ganz ruhig, das war erstaunlich, er zitterte nämlich auf einmal vor Wut auf Phoebe, die nichts kapierte, überhaupt nichts. Die nur an diesen Tobias dachte, den sie mit einer interessanten Geschichte beeindrucken wollte. »Henning ist mein Vater. Für mich ist das Ganze hier kein Spaß. Natürlich müssen wir in der Musikszene nach ihm fragen. Aber ich würde ganz gerne selbst entscheiden, wem ich was erzähle.«

»Okay«, sagte Phoebe. »Wie du meinst.« Sie verschränkte die Arme vor der Brust und starrte auf die Gracht.

Aaron blickte ebenfalls aufs Wasser, wo eine Entenfamilie dümpelte. Vater, Mutter und drei graue Küken. Eine glückliche Familie. Warum hatten das Sabine und Henning nicht hingekriegt?

»Ich hab totalen Durst«, sagte Phoebe. »Ich geh mal da drüben in den Laden und kauf uns Wasser.«

Sie war beleidigt. Irgendwie konnte man es auch verstehen. Sie gab sich alle Mühe ihm zu helfen und er stieß sie vor den Kopf. Das mit den Musikschulen war keine schlechte Idee gewesen, auch wenn es nichts gebracht hatte. Und das Geld, das sie mit der Straßenmusik verdient hatten, verdankten sie allein Phoebes Einsatz.

»Was hat er denn nun gesagt, dieser Tobias?«, fragte Aaron, als Phoebe mit zwei Wasserflaschen aus dem Supermarkt zurückkam. »Kannte er Henning?«

»Ach. Jetzt interessiert es dich plötzlich.« Phoebe zog die Augenbrauen hoch. »Obwohl es dir nicht passt, dass ich mich da so reinhänge.«

»Sorry, Phoebe. Das Ganze ist echt schwierig für mich …«

»Er meint, dass wir uns mal die Clubs ansehen sollten, in denen Livemusik gespielt wird. Vielleicht arbeitet Henning in einem von ihnen oder er hängt zumindest dort ab.« Sie kramte einen Zettel aus der Tasche. »Er hat mir ein paar Adressen aufgeschrieben.«

Er warf einen Blick auf das Blatt. *Theo's Jazzbar. Swinghuis, Cotton Club.*

»Warum nicht? In einem Club kann ich mir Henning, ehrlich gesagt, besser vorstellen als in einer Musikschule.« So ein Quatsch, dachte er. Warum sollte Henning besser in einen Jazzclub passen als in eine Musikschule? Aaron wusste nichts über ihn, er kannte ihn doch gar nicht. Er kannte nur eine Handvoll Geschichten, die Sabine ihm erzählt hatte. Wahrscheinlich hatte sie sich die Hälfte davon ausgedacht. Oder alles.

Sie markierten die Jazzclubs auf dem Stadtplan, den Phoebe in der Touristeninformation bekommen hatte. Dann blickte Phoebe auf die Uhr. »Vor zehn ist in den Läden bestimmt nichts los. Wir haben noch massig Zeit. Und Geld haben wir jetzt auch. Warum holst du dir nicht mal neues Handyguthaben?«

»Wen willst du denn anrufen?«

»Ich? Niemanden. Aber du vielleicht.«

»Ach ja? Und wen?«

»Deine Mutter. Hast du mal mit ihr gesprochen, seit du unterwegs bist?«

Er schüttelte den Kopf. Er hatte sein Handy im Hotel aufgeladen, seitdem hatte Sabine zweimal angerufen und drei SMS geschickt, die er gelöscht hatte, ohne sie zu lesen. »Sie weiß Bescheid, dass ich hier bin. Und was ich vorhabe. Ich melde mich, wenn ich Henning gefunden habe.« Oder auch nicht, dachte er.

»Sie macht sich bestimmt Sorgen.«

»Warum? Ich bin erwachsen. Und es ist auch nicht das erste Mal, dass ich allein unterwegs bin.«

»Du bist total wütend auf sie.«

Das war keine Frage, sondern eine Feststellung, also antwortete Aaron auch nicht. Er wollte nicht mit Sabine reden und über sie auch nicht. Er wollte nicht einmal an sie denken.

»Ihr versteht euch nicht so gut, oder?« Phoebe gab nicht auf. Sie bohrte immer weiter.

»Keine Ahnung. Du hast deine Eltern ja auch nicht angerufen.«

»Das ist ja wohl was anderes. Meine Eltern sind in den Staaten und glauben, dass ich das ganze Wochenende bei Hannah bin.«

»Siehst du?«

»Was – siehst du? Sie machen sich zumindest keine Sorgen um mich.«

»Sabine muss sich auch keine Sorgen machen«, sagte Aaron. »Hab ich dir doch schon erklärt.«

Phoebe nickte. »Ich find das ganz schön toll von ihr.«

»Dass sie sich keine Sorgen macht?« Es stimmte ja gar nicht. Natürlich machte sich Sabine Sorgen. Und Vorwürfe, dass sie ihn all die Jahre angelogen hatte. Und das war auch ganz richtig so. Das hatte sie jetzt davon, dass sie Aaron den Vater genommen hatte und Henning den Sohn.

»Nein, Quatsch. Ich find es toll, dass sie dich allein aufgezogen hat. Sie war so jung, als sie dich bekommen hat. Das ist doch irre, oder?«

»Total.« Aaron stand auf.

»Wo willst du hin?«

»In den Supermarkt. Ein paar Sachen kaufen. Brot, Käse, Obst zum Abendessen. Dann müssen wir heute nicht mehr ins Restaurant.«

»Ich hab eine bessere Idee. Wir gehen erst mal zu Tobias. Vielleicht können wir da ja was kochen. Dann laden wir ihn zum Essen ein, zum Dank dafür, dass wir bei ihm übernachten dürfen.«

Nein, dachte Aaron. Nie und nimmer. Er würde nicht für Tobias kochen und er würde auch nicht bei ihm übernachten. Wenn Phoebe dahin wollte, war das ihre Sache, aber Aaron würde sich das nicht antun.

Er würde Phoebe zu ihm bringen und sich dann verabschieden. Kurz und schmerzlos.

»Weteringstraat 29«, sagte Phoebe. »Da.« Sie tippte mit dem Zeigefinger auf den Plan. »Das ist gleich um die Ecke. Total zentral.«

Sie überquerten zwei Grachten und bogen dann nach rechts ab, bis sie auf die Weteringstraat stießen.

»Die 29 muss hier irgendwo sein.« Phoebe suchte die Hausfronten nach Nummern ab. »Da ist die 31.«

Aaron stieg vom Rad, nahm seinen Rucksack ab und wühlte in seinen Klamotten, bis er die Socke gefunden hatte, in die sie ihr Geld gesteckt hatten.

»Hier ist es.« Phoebe stieg ebenfalls ab und rannte auf einen roten Klinkerbau zu. »Auf dem Klingelschild steht Becker, hat er gesagt.«

»Warte mal. Ich muss dir erst noch was sagen.«

»Was denn?« Sie stellte sich vor dem Eingang auf die Zehenspitzen, um die Namen auf den Türschildern lesen zu können. »Da ist es ja. Becker.« Bevor Aaron sie davon abhalten konnte, drückte sie die Klingel.

»Ich komm nicht mit rein. Wir müssen uns …«

»Wie? Warte mal. Lass uns doch gleich quatschen!«

Ein Summen drang aus der Gegensprechanlage, dann hörte Aaron eine Männerstimme. »Hallo?«

»Ich bin's, Phoebe!«

Der Türöffner schnarrte. Phoebe drückte die Tür auf und

stand bereits mit einem Bein in Treppenhaus. »Was machen wir denn jetzt mit den Fahrrädern?«

»Keine Ahnung. Hör mal, ich muss dir wirklich …«

»Gleich, Aaron. Ich renn mal eben hoch und red mit Tobias. Vielleicht haben die einen Keller, in dem wir die Räder abstellen können. Nicht dass sie uns geklaut werden. Bin gleich wieder da.« Sie verschwand im Haus, bevor er antworten konnte.

Er lehnte sein Fahrrad an einen Baum und wartete, bis sie wieder zurückkam, die Socke mit dem Kleingeld in der Hand. Er nahm zehn Euro raus und steckte sie in seine Hosentasche, der Rest war für Phoebe. Sie würde das Geld nicht annehmen wollen, aber er würde sich auf keine Diskussion einlassen. Ohne sie hätte er nicht einmal die Hälfte davon verdient. Wahrscheinlich reichte es nicht für die Fahrkarte nach Düsseldorf, aber den Rest konnte sie sich ja von Tobias leihen. Vielleicht schenkte er ihr das Geld sogar.

Aaron selbst würde heute Nacht in einer Bushaltestelle oder im Park übernachten. Vorher würde er die Clubs nach Henning absuchen. Mit ein bisschen Glück fand er irgendjemanden, der ihn kannte. Falls nicht, würde er morgen weitersuchen. Und übermorgen und die ganze Woche. Und irgendwann, da war er sich ganz sicher, würde er auf jemanden stoßen, der jemanden kannte, der etwas wusste. Es war nur eine Frage der Zeit.

Jetzt ging die Haustür wieder auf. Ein großer, schlanker, unglaublich gut aussehender Schwarzer trat auf die Straße. Er trug ein weißes Unterhemd, das seine muskulösen Oberarme betonte, und musterte Aaron gleichzeitig gelangweilt und verächtlich.

Aaron hatte sich Tobias eher so wie Jesse vorgestellt, einen Polohemdträger mit Gel im Haar. Aber der hier war noch viel schlimmer. Der Typ sah wirklich cool aus. Wenn Aaron ein Mädchen gewesen wäre, hätte er wahrscheinlich auch gerne bei ihm übernachtet.

»Hi«, sagte Aaron. »Kommt Phoebe nicht runter?«

»*Wat?*« Tobias sah ihn verständnislos an. »*Wat zei je?*«

»Ich bin Aaron. Phoebes Freund.«

»*No German, sorry.*« Der Typ zuckte mit den Schultern und ließ ihn einfach stehen. Ging mit großen schwingenden Schritten die Straße hinunter, ohne sich noch einmal nach Aaron umzudrehen.

Während Aaron ihm noch nachstarrte, wurde die Haustür erneut aufgerissen und Phoebe stürmte auf die Straße.

»Tobias macht uns das Tor auf.« Sie schnappte sich ihr Fahrrad und schob es auf das schmiedeeiserne Tor zu, das das Haus vom Grundstück des Nachbargebäudes trennte. Hinter dem Gitter tauchte ein junger Mann auf und steckte einen Schlüssel ins Schloss. Er war ein bisschen älter als Phoebe und Aaron und ziemlich dick. Sein Bauch quoll unter einem kurzen T-Shirt vor und über die

Jeans, als er sich streckte, um die obere Sperre des Tors zu lösen.

»Bringt die Räder hier rein. Ihr könnt sie einfach in den Hof stellen!«, rief er Aaron zu. »Da sind sie sicher.«

»Was ist los, Aaron?«, fragte Phoebe, die ihr Fahrrad bereits über die Schwelle in den Hof schob. »Kommst du oder bist du da drüben festgewachsen?«

Phoebe hatte Recht. Tobias war total nett. Er studierte Saxofon am Conservatorium van Amsterdam, spielte in einer Big Band und zwei Jazzbands und gab nebenher Saxofonunterricht, um finanziell einigermaßen über die Runden zu kommen. Aaron und er verstanden sich sofort hervorragend. Nicht nur, weil Tobias so sympathisch und witzig war. Sondern vor allem weil er so dick war.

Aaron hatte keine Ahnung, welchen Männertyp Phoebe bevorzugte, aber er war sich hundertprozentig sicher, dass sie nicht auf Tobias stand. Auch wenn er noch so nett war und noch so gut Saxofon spielte. Aber zwei Doppelkinne und diese Glupschaugen waren einfach zu viel.

»Ich zeig euch mal die Wohnung«, sagte Tobias, nachdem sie ihre Fahrräder in den Hof gebracht hatten und in den vierten Stock gestiegen waren. »Das da drüben ist mein Zimmer. Hier schlafen Jan und Mimi, die studieren auch am CvA. Da geht's in die Küche, dort zum Bad – und das ist unser Gästezimmer.« Er öffnete die Tür zu einem winzigen

Verschlag, in dem gerade einmal eine Schlafcouch Platz hatte. »Ist leider total eng.«

»Wow!«, sagte Aaron. »Das ist absolut gigantisch. Echt.«

Die begeisterte Reaktion war vollkommen übertrieben, das Zimmer war wirklich winzig und sehr düster. Tobias wirkte auch prompt ein bisschen irritiert. Wahrscheinlich dachte er, dass Aaron sich über ihn lustig machte.

»Ich meine, es ist echt total nett, dass wir hier pennen dürfen«, sagte Aaron.

»Ist doch okay.« Tobias grinste. »Phoebe hat gesagt, dass ihr dafür Abendessen macht.«

»Klar doch«, sagte Aaron. »Das ist ja wohl das Mindeste.«

Sie kochten Spaghetti alla Carbonara. Das war eines der wenigen Gerichte, die Aaron richtig gut beherrschte. Außerdem waren alle Zutaten dafür schon im Kühlschrank.

Zum Essen kamen auch Tobias' Mitbewohner in die Küche. Mimi und Jan stammten beide aus Utrecht und waren ein Paar, sie spielte Geige, er Trompete.

»Warum seid ihr hier in Amsterdam?«, fragte Mimi, während sie sich alle an den Tisch setzten. »Nur so zum Gucken oder wollt ihr auch hier studieren?«

»Aaron sucht seinen Vater«, erklärte Tobias, bevor Aaron oder Phoebe etwas erwidern konnten.

Phoebe warf Aaron einen schuldbewussten Blick zu. »Also … äh …«

»Er hat ihn noch nie gesehen«, fuhr Tobias fort, der ihre Verlegenheit ganz offensichtlich nicht bemerkte. »Das Einzige, was er von ihm weiß, ist sein Name. Und dass er Musiker ist.«

»Wow!«, sagte Mimi. »Ist das echt wahr?«

»Seine Mutter hat ihm erzählt, dass er tot ist. Stimmt doch, Aaron, oder?«

»Und du hast keine Adresse? Hast du ihn mal gegoogelt?«

»Klar«, antwortete Tobias an Aarons Stelle. »Aber Fehlanzeige.«

»Jetzt lasst uns doch erst mal essen«, sagte Phoebe hastig. »Gib mir mal deinen Teller, Tobias.«

»Wie heißt er denn?«, fragte Jan.

»Ist doch jetzt nicht so wichtig«, sagte Phoebe.

»Henning Schwarz«, sagte Aaron und erntete dafür einen erstaunten Blick von Phoebe. Vorhin hatte es ihn richtig wütend gemacht, dass sie Tobias einfach von Henning erzählt hatte. Aber seltsamerweise hatte er auf einmal überhaupt kein Problem mehr damit, über Henning zu sprechen. Vielleicht lag es daran, dass ihn hier keiner kannte. Und dass ihre drei Gastgeber Musiker waren, genau wie Henning. Womöglich wussten sie ja was. Auf jeden Fall hatte Phoebe Recht: Wenn er nicht jede Hilfe annahm, die sich ihm bot, hatte er keine Chance.

»Was für Musik macht er?«

Aaron zuckte die Schultern. »Rock oder Jazz oder so.«

»Rock oder Jazz oder so?«, wiederholte Tobias ungläubig. »Das ist ja ein weites Feld.«

»Keine Klassik?«, fragte Mimi.

»Nee, das eher nicht.« Sabine hatte Aaron einmal erzählt, dass Henning immer versucht hatte, sie zu überreden, dass sie in seiner Band sang. Aber sie studierte ja klassischen Gesang und hatte Angst, sich die Stimme zu ruinieren. Vielleicht mochte sie auch seine Musik nicht. Vielleicht war ihre Beziehung deshalb auseinandergegangen – weil ihr Musikgeschmack zu unterschiedlich war.

»Was spielt er für ein Instrument?«, fragte Mimi.

»Gitarre.«

Tobias drehte ein paar Spaghetti um seine Gabel. »Ich hab ihnen gesagt, dass sie sich die Jazzclubs mal anschauen sollen. Vielleicht kennt ihn da ja jemand.«

»Wie alt ist der Typ denn?«, fragte Jan. »Also, ich meine, dein Vater?«

»Dreiundvierzig.«

Jan kaute nachdenklich auf seinen Spaghetti. »Dann würd ich's mal im *Loft* versuchen. Und in der *Bling Bar.* Da spielen sie immer uraltes Zeug. Achtziger und Neunziger und so. Meine Eltern gehen da immer hin, wenn sie nach Amsterdam kommen.«

Aber Henning doch nicht, dachte Aaron. Henning hing doch nicht in Läden ab, in denen die Hits von vorgestern liefen. Aber dann merkte er selbst, wie dumm das war. Er konnte schließlich nicht wissen, welche Kneipen und Bars Henning gefielen, er wusste ja auch nicht, welche Musik er machte. Ob er überhaupt noch Musik machte. Er wusste nichts.

Sein Bild von Henning bestand aus Fetzen und Streifen, die er aus Sabines Geschichten herausgerissen hatte. Und er hatte keine Ahnung, ob diese Geschichten stimmten.

Nach dem Essen war ihnen auch klar, warum Tobias so dick war. Er vertilgte nämlich vier Portionen Spaghetti Carbonara und aß danach noch einen Sahnejoghurt.

»Ah, lecker«, stöhnte er, als er den leeren Becher in den Mülleimer warf.

»So wird das nie was mit dem Abnehmen«, meinte Mimi spitz.

Aaron musste wieder daran denken, wie er vorhin vor Tobias' Haus gestanden hatte, den Socken mit dem Geld in der Hand, und dann war dieser unglaublich gut aussehende Typ herausgekommen. Wie eifersüchtig er gewesen war. Und seine Erleichterung, als er den richtigen Tobias gesehen hatte.

Phoebe stand auf und stellte die Teller zusammen. »Hilfst du mir beim Abwasch, Aaron?«

»Ihr braucht nicht abzuspülen«, sagte Mimi. »Ihr habt doch schon gekocht. Wir machen das morgen oder so.«

»Ist schon okay«, winkte Phoebe ab. »Ihr könnt euch in

der Zwischenzeit ja überlegen, ob ihr noch mehr Clubs kennt, in denen wir Henning suchen können.«

»Wird gemacht«, sagte Mimi. »Mir fällt spontan das *Gecko* ein.« Sie zückte ihr Handy. »Ich such euch mal die Adresse raus.«

»Ich weiß, wo das ist«, sagte Tobias. »Kann ich euch zeigen. Also, wenn ihr nichts dagegen habt, dass ich mitkomme.«

»Nee, das wär doch super«, sagte Aaron.

Phoebe

Es war unglaublich. Erst machte Aaron ihr die Riesenszene, nur weil sie Tobias von seinem Vater erzählt hatte. Und dann schüttete er ihm selbst sein Herz aus und war sogar damit einverstanden, dass er sie in die Jazzclubs begleitete.

Dass Tobias und Aaron sich super verstanden, überraschte sie nicht. Die zwei passten irgendwie zusammen, weil sie beide etwas Verschrobenes hatten. Aber warum stieß er sie mit aller Macht von sich, um Tobias dann mit offenen Armen zu empfangen? Warum war er auf einmal so verdammt kalt zu ihr?

Nachdem sie das Geschirr abgespült hatten, war es immer noch zu früh für die Jazzclubs, also holte Tobias sein Saxofon und Aaron packte seine Gitarre aus und dann jammten sie los, dass Phoebe fast die Ohren wegflogen. Wahnsinn! Es klang, als ob sie sich seit einer Ewigkeit kannten und seit Jahren zusammenspielten.

»Willst du nicht mitmachen?«, fragte Aaron Phoebe. »Sie kann nämlich richtig gut singen«, erklärte er Tobias.

Phoebe schüttelte erschrocken den Kopf. »Das stimmt

doch überhaupt nicht.« In der Fußgängerzone ein paar Songs zu schmettern, um den Leuten das Geld aus der Tasche zu ziehen – das war eine Sache. Aber Aaron und Tobias machten richtig Musik, da konnte sie nicht mithalten.

»Du spielst jedenfalls fantastisch«, sagte Tobias. »Willst du Musik studieren?«

»Erst mal müsste ich das Abi machen«, meinte Aaron.

»Das wäre hilfreich«, sagte Tobias. »Aber es geht auch ohne. So begabt, wie du bist, bestehst du die Aufnahmeprüfung auch ohne Abitur.«

»Ich weiß nicht«, sagte Aaron.

»Was weißt du nicht?«

»Nichts. Ob ich Abi machen soll. Was ich mit meinem Leben anfangen soll. Wie es weitergehen soll.«

»Nachdem du deinen Vater gefunden hast, meinst du?«

»Zuerst muss ich ihn ja mal finden. Hoffentlich wohnt er überhaupt noch in Amsterdam.«

Tobias nickte. »Glaubst du, er kann dir das sagen?«

»Was?«

»Ob du Abi machen sollst. Und Musik studieren. Was du mit deinem Leben anfangen sollst.«

Aaron klimperte nachdenklich ein paar Töne auf seiner Gitarre, dann stellte er sie weg. »Vielleicht.«

»Und wenn nicht?«

»Dann nicht. Ich will ihn einfach nur kennenlernen.«

Tobias warf einen Blick auf die Uhr. »Wir sollten mal los.

Wenn wir alle Clubs in einer Nacht abklappern wollen, haben wir ganz schön Arbeit. Die Läden liegen ziemlich weit auseinander.« Er stellte sein Saxofon zurück in den Ständer. »Vielleicht sollten wir uns aufteilen. Wenn jeder von uns ein paar Clubs übernimmt, dann sind wir viel schneller fertig.«

»Gute Idee«, sagte Aaron.

»Schlechte Idee«, fand Phoebe. »Ich bin erst sechzehn und hab meinen Personalausweis nicht dabei. Die lassen mich bestimmt nirgends rein. Allein schon gar nicht.«

»Ich frag Mimi, ob sie dir ihren leiht«, meinte Tobias. »Macht sie bestimmt. Und ich wollte dich auch nicht allein losschicken. Vielleicht überlassen wir Aaron die Clubs hier im Zentrum, und wir fahren in die Läden, die weiter draußen liegen. Und wenn wir durch sind, treffen wir uns im *A Zeven*. Das ist ein Club im Jordaan. Da finden wir Aarons Vater bestimmt nicht, aber wenn ihr schon mal hier seid, solltet ihr da rein. Das muss man gesehen haben. Richtig coole Location.«

Die Jazzclubs, die Phoebe und Tobias zusammen abklapperten, waren alle ziemlich klein. In einigen gab es Livemusik, ein paar Musiker improvisierten, ohne das spärliche Publikum zu beachten. Viele der Musiker kannten Tobias, aber der Name Henning Schwarz sagte keinem von ihnen etwas, obwohl die meisten im Alter von Aarons Vater waren.

Im letzten Club auf ihrer Liste legte ein DJ auf. Sie gingen an die Bar, Tobias bestellte ein Bier, Phoebe eine Cola. Als sie den Barkeeper nach Henning fragten, zuckte er mit den Schultern, genau wie die anderen.

»Fehlanzeige«, sagte Phoebe. »Das bringt doch alles nichts.«

»Wenn er in Amsterdam lebt und Musik macht, dann finden wir ihn«, beharrte Tobias. »Früher oder später.«

»Wenn«, sagte Phoebe. »Und wenn nicht? Wir wissen nichts über ihn. Vielleicht hat er seine Gitarre schon lange auf den Sperrmüll geworfen. Vielleicht hat er geheiratet und den Namen seiner Frau angenommen. Vielleicht lebt er in Sydney oder in New York. Oder in Düsseldorf.«

»Kann sein.« Tobias nahm einen Schluck Bier. »Seid ihr zusammen?«

»Aaron und ich?« Wer denn sonst. »Nee.«

»Warum nicht?«

»Warum nicht?« Phoebe lachte. »Was ist das denn für eine Frage?«

»Und was ist das für eine Antwort?«

»Wir sind nicht zusammen, weil …« weil Aaron mich nicht will, dachte sie.

»Wir kennen uns noch gar nicht so lange«, sagte sie stattdessen.

»Hä? Ich dachte, ihr geht in dieselbe Schule.«

»Tun wir ja auch. Aber bisher hatten wir nichts miteinander zu tun. Ist eher ein Zufall, dass wir zusammen nach Amsterdam gefahren sind.«

»Ein Zufall, soso.« Tobias wirkte nicht sehr überzeugt. »Na, wenn du nicht drüber reden willst …«

»Wir sind gute Freunde«, sagte Phoebe. »Außerdem bin ich mit jemand anderem zusammen.« Eine glatte Lüge. Aber sie wollte nicht über Aaron reden. Es tat weh, darüber nachzudenken, weshalb er sie abwies.

Tobias setzte seine Flasche an die Lippen, trank und schwieg.

Phoebe dachte an Jesse, der sie auf der Raststätte im Stich gelassen und dann sofort vergessen hatte. Er hatte nicht einmal versucht, sie anzurufen. Aaron war ganz anders als Jesse. Aber auch er hatte nach dem ersten Kuss von ihr genug.

»Ich glaub dir kein Wort«, sagte Tobias.

»Was?«

»Du hast keinen anderen. Oder wenn da ein anderer ist, dann bedeutet er dir nichts. Du willst Aaron und keinen sonst.«

Quatsch, wollte Phoebe sagen, aber zu ihrem Entsetzen merkte sie plötzlich, dass ihr die Tränen in die Augen stiegen.

Sie griff hastig nach ihrer Cola, damit Tobias es nicht sah, aber es war schon zu spät.

»Oje!«, sagte Tobias. »So schlimm?«

»Nein«, sagte Phoebe und würgte die Tränen hinunter. »Es ist schon okay, es ist alles okay. Ich hab in den letzten Tagen nur viel zu wenig geschlafen und bin total durch den Wind …«

»Ach so.«

»Er will mich nicht«, flüsterte Phoebe. »Er bemerkt mich gar nicht.«

»Weil er total besessen ist von der Idee, seinen Vater zu finden.«

»Aber dabei will ich ihm doch helfen.«

»Er will aber keine Hilfe. Er will es allein durchziehen.«

»Das stimmt nicht«, sagte Phoebe. »Von dir lässt er sich helfen. Als du vorhin vorgeschlagen hast, dass du heute Nacht mitkommst, war er total begeistert. Nur mich will er nicht dabeihaben.«

Tobias trank noch einen Schluck Bier und betrachtete danach so lange die Flasche, als wollte er sich das Etikett ganz genau einprägen. »Vielleicht musst du ihn verlassen.«

»Wie meinst du das?«

»Fahr zurück nach Hause. Lass ihn allein nach seinem Alten suchen. Vielleicht findet er ihn oder auch nicht. Auf jeden Fall wird er merken, dass du ihm fehlst.«

Phoebe schüttelte den Kopf. »Glaub ich nicht.«

Tobias starrte immer noch auf seine Flasche. »Ich bin echt kein Beziehungsexperte, Phoebe. Ich mach bei Frauen so ziemlich alles falsch, was man falsch machen kann. Deshalb bin ich auch immer solo. Na ja, vielleicht bin ich auch zu fett für eine Freundin. Ist ja auch egal. Aber eines weiß ich mit

Sicherheit: Wenn du Aaron kriegen willst, musst du abhauen.«

Keine Spur von Henning Schwarz. Aarons Suche hatte genauso wenig gebracht wie die Erkundigungen von Tobias und Phoebe.

»Dann wissen wir das«, sagte Tobias, als sie sich um zwei Uhr morgens im *A Zeven* trafen.

Das *A Zeven* war der angesagteste Club in ganz Amsterdam, sein Ruf war sogar schon bis nach Düsseldorf gedrungen. Und zwar zu Recht, wie Phoebe feststellte.

Der In-Club war in einem ehemaligen Fabrikgebäude untergebracht. In die Fertigungshalle waren Emporen aus Stahl eingezogen worden, die wie riesige Balkone in den Raum ragten. Auf allen Ebenen tanzten gut aussehende junge Menschen. Von der Decke hingen Schaukeln und Plattformen, auf denen leicht bekleidete Tänzerinnen und Tänzer standen und über die Köpfe des Publikums hinwegschwangen.

Es war ein ganz normaler Montag, aber der Club war brechend voll.

»Wahnsinn«, fand Phoebe.

»Nur die Musik ist ätzend«, sagte Aaron. »Ich hasse diesen Techno-Brei.«

»Echt? Ich find's eigentlich auch unerträglich, aber manchmal brauch ich das«, sagte Tobias.

»Du?«, fragten Phoebe und Aaron gleichzeitig.

»Irgendwann muss man auch mal seine Birne ausschalten. Außerdem kommt keiner wegen der Musik hierher, sondern um zu gucken.«

Gerade gingen vier Blondinen an ihnen vorbei. Sie trugen enge Glitzerhosen und glänzende Tops, die aussahen, als wären sie auf die nackte Haut gemalt.

»Wow!«, murmelte Phoebe. »Die sind alle so irre gestylt.«

Sie selbst trug immerhin saubere Jeans und ein frisches T-Shirt, Mimi hatte ihr die Klamotten geliehen. Es war dennoch ein Wunder, dass sie der Türsteher durchgelassen hatte.

»Wie Klone.« Aaron starrte einem muskulösen Schwarzen nach, der ein weißes Unterhemd trug. »Irgendwie hat man das Gefühl, dass man die alle schon mal gesehen hat.«

»Bist du denn oft hier?«, fragte Phoebe Tobias. Aber bevor er ihr antworten konnte, trat eine wunderschöne Asiatin zu ihnen.

»Hey«, flötete sie. *»Kom je ook eens weer eens hier? Ik dacht al, dat je geëmigreerd was.«*

»Hoi, Nyu. Hoe gaat het?«

»Super.« Ihr Blick glitt neugierig über Phoebe und Aaron. *»Zijn dat je vrienden?«*

»Das sind Phoebe und Aaron«, sagte Tobias. »Aus Deutschland.«

»Aus Deutschland.« Die schmalen schwarzen Augen tasteten sie ab, scannten sie ein. Was für ein Blick.

Dann wandte Nyu sich wieder an Tobias. *»Wil je ook wat?«*

»Ich doch nicht. Kennst mich ja. Ich mach mich doch nicht selbst kaputt.«

»Und deine Freunde?«

»Brauchen auch nichts.«

Danke, dachte Phoebe, wirklich nicht. Und legte unwillkürlich die Hand über ihre Cola. Die Erfahrung von gestern Nacht in *Amstelveen* reichte ihr, sie brauchte nicht noch einen Zusammenbruch.

»Doch«, sagte Aaron. »Keine Pillen. Aber eine Auskunft.«

»Eine Auskunft?« Nun wirkte Nyu auf einmal sehr wachsam. »Was willst du denn wissen?«

»Henning Schwarz. Kennst du den?«

Sie starrte ihn reglos an. »Henning wie?«

»Schwarz.«

»Wer ist das?«

»Jemand, den ich suche«, sagte Aaron.

»Schwarz«, murmelte sie.

»Du kennst ihn?«, fragte Aaron hoffnungsvoll.

Nyu schüttelte langsam den Kopf. »Nee. Tut mir leid.«

»Wirklich nicht?«, fragte Phoebe.

Nun wanderte Nyus Blick von Aaron zu ihr. Diese Augen, wie schwarzes Glas. Undurchdringlich. »Wirklich nicht.«

»Schade«, sagte Tobias.

Nyu fuhr sich mit der Hand durch ihr seidenglänzendes Haar. *»Ik moet gaan. Bel me als er iets is.«* Sie hauchte drei Küsse über Tobias' Schultern, links, rechts, links, winkte Aaron und Phoebe kurz zu und verschwand in der Menge.

»Wer war das denn?«, fragte Phoebe.

»Nyu Cheong. Ich hab sie im Studium kennengelernt. Sie ist eine Wahnsinnspianistin. Aber leider sieht man sie so gut wie nie am Konservatorium.«

»Sie hat wohl einen einfacheren Weg gefunden, Geld zu verdienen«, sagte Aaron.

»Sie dealt.« Tobias nickte. »Am Anfang hat sie nur die Musikerszene mit Stoff versorgt, aber jetzt arbeitet sie, glaub ich, für die ganze Stadt.«

»Warum hat sie so komisch reagiert, als ich sie nach Henning gefragt habe? Die weiß doch was!«

»Hat sie das?« Tobias zuckte mit den Schultern. »Keine Ahnung. Sie ist ziemlich schräg drauf. Da würd ich nicht zu viel reininterpretieren.«

Phoebe schlief tief und traumlos, und als sie aufwachte, schien die Sonne durch die schmutzigen Scheiben der Abstellkammer und das Kissen neben ihr war leer. Aaron war schon aufgestanden.

Er saß mit Tobias und Jan in der Küche und trank Milchkaffee. »Wir haben uns schon Sorgen gemacht«, begrüßte Tobias Phoebe, als sie gähnend an den Tisch trat.

»Wie spät ist es denn?«

»Gleich zwei.« Tobias trank seine Tasse leer. »Ich muss zur Musikschule, verzogene Niederländerkinder unterrichten.«

»Sag nichts gegen die Niederländer«, sagte Jan.

»Tu ich ja gar nicht. Nur gegen ihre Kinder. Wenn dieser faule Sack von Jost-Hendrik wieder nicht geübt hat, zieh ich ihm die Ohren lang.«

»Denk an das Geld«, sagte Jan. »Mach ich auch immer. Sonst könnte ich überhaupt nicht unterrichten.«

»Lieber nicht. Wenn ich daran denke, wie schlecht ich bezahlt werde, bleib ich gleich hier sitzen.« Tobias stellte die Kaffeetasse in die Spüle. »Cheerio, Leute. Wir sehen uns später.«

»Ciao.« Phoebe ließ sich auf den frei gewordenen Stuhl sinken. »Habt ihr noch Kaffee?«

Tobias reichte ihr die Thermoskanne und eine Tasse. »Ihr seid doch noch da, wenn ich wiederkomme, oder?«

»Wenn es euch nicht stört«, meinte Phoebe.

»Ist schon okay«, sagte Jan.

»Na, klar doch.« Jetzt kam auch Mimi in die Küche. »Morgen allerseits.«

»Wiedersehen.« Tobias winkte noch einmal in die Runde und verschwand.

»Mir ist noch was eingefallen«, sagte Mimi. »Wegen Henning, meine ich. Vielleicht ist er ja Studiomusiker und arbeitet für eine Musikproduktion.«

»*Goed idee*«, sagte Jan. »Wir können ja mal die Produktionen in der Stadt abchecken. Dass wir da nicht gleich draufgekommen sind! Vielleicht finden wir Henning in einer Kartei.«

»Meinst du, die rücken den Namen für uns raus?«, fragte Phoebe. »Die zeigen uns doch den Vogel.«

»Das glaub ich auch«, sagte Jan. »Aber mir nicht. Ich hab ganz gute Kontakte. Wenn ihr wollt, hör ich mich mal für euch um. Vielleicht bringt es ja was.«

»Das wäre super«, sagte Aaron.

»Ich kenn auch noch ein paar Leute«, sagte Mimi. »Kommt, lasst uns direkt loslegen.«

Sie fingen bei den großen Musikstudios an und arbeiteten sich zu den kleinen Ein-Mann-Produktionen durch. Und erreichten nichts: Keiner von Jan oder Mimis Bekannten kannte Henning, in keiner Adressdatei fand sich sein Name.

»So ein Mist«, seufzte Aaron, als Jan die letzte Nummer auf der Liste angerufen hatte.

»Tut mir leid.« Jan schüttelte den Kopf.

»Die Leute, die wir kennen, sind alle ziemlich jung«, sagte Mimi nachdenklich. »Vielleicht ist das das Problem.«

»*Wat bedoel je daarme?*«, fragte Jan.

»Na ja. Aarons Vater ist über vierzig. Wir wissen, dass er vor zwanzig Jahren Musik gemacht hat. Aber vielleicht hat er inzwischen einen ganz anderen Beruf. Wir brauchen jemand, der sich in der Musikszene von damals auskennt.«

»Leute, ich bin erledigt.« Inzwischen war auch Tobias wieder zurückgekommen. Er ließ sich ächzend auf einen Stuhl fallen und schenkte sich Kaffee ein. »Jost-Hendrik wird immer schlimmer. Der kleine Scheißkerl ist nicht nur unbegabt, sondern auch noch frech. Ich bin viel zu nett zu dem Rotzlöffel. Der braucht einen anderen Lehrer, einen richtig harten Knochen, der ihn nicht mit Samthandschuhen anfasst …«

»Bart Blom!«, rief Mimi.

»Na, ich glaube nicht, dass Blom eine Null wie diesen Knirps nimmt. Aber vielleicht …«

»Nun vergiss doch mal deinen Jost-Hendrik!« sagte Mimi. »Blom ist unser Mann. Wir müssen ihn nach Aarons Vater fragen.«

»Wer ist das?«, erkundigte sich Aaron.

»Blom?« Tobias zog die Brauen hoch. »Ein Professor am Konservatorium. Oder vielmehr: *der* Professor. Unterrichtet Bass und Methodik.«

»Aber bevor er Professor wurde, war er Studiomusiker«, sagte Mimi. »Er hat in der ganzen Welt gearbeitet und mit den ganz Großen zusammengespielt. Ich glaube, der hatte auch eine eigene Produktion in Amsterdam. Der Mann ist der Wahnsinn.«

»Allerdings ist er ein Tier.« Tobias nickte. »Der denkt nur an Musik, etwas anderes interessiert ihn nicht.«

»Und der soll meinen Vater kennen?« Aaron seufzte. »Also, wenn Henning zu den Großen und Berühmten gehören würde, hätten wir ihn über Google gefunden …«

»Vielleicht war er ja mittelgroß und mittelberühmt«, sagte Mimi. »Bevor er aus irgendwelchen Gründen umgesattelt hat. Und heute spielt er nur noch zum Vergnügen Gitarre. Könnte doch sein.«

»Wie willst du denn an den Blom rankommen?«, fragte Tobias. »Hast du seine Telefonnummer?«

»Viel besser«, sagte Mimi. »Ich weiß, wo er wohnt. Ich hab Bass im Nebenfach und er hat unseren Kurs mal zu sich nach Hause eingeladen.«

Bart Blom wohnte in einer Reihenhaussiedlung am Stadtrand. Vor der Tür lagen drei Paar dreckige Gummistiefel und ein Kinderfahrrad.

»Ziemlich spießige Wohngegend für einen international anerkannten Starmusiker«, fand Phoebe.

»Blom war ein paarmal verheiratet«, sagte Mimi. »Und hat mindestens sechs Kinder. Das schlägt auf den Geldbeutel.« Sie drückte den Klingelknopf. »Hoffentlich ist er zu Hause.«

»*Wil je naar mijn huis?*« Am Straßenrand vor dem Haus hielt ein dunkler Passat. Ein langer, dünner Mann mit Vollbart und wirrem Haar stieg aus und kam auf sie zu. Er musterte Phoebe und Aaron flüchtig, dann blieb sein Blick an Mimi hängen.

»*Miriam van den Bergh.*«

»*Precies*«, sagte Mimi. »*Sorry, maar ik heb vrienden uit Duitsland, die uw hulp nodig hebben.*«

Sie hatte den Namen Henning Schwarz kaum ausgesprochen, da wusste Blom auch schon Bescheid. »Sie sind sein Sohn, oder?«, sagte er zu Aaron.

»Woher … wie kommen Sie darauf?«

»Sie sind ihm wie aus dem Gesicht geschnitten. Das ist … Wahnsinn. Kommen Sie rein.«

Das Wohnzimmer war ein Schlachtfeld. Auf dem Esstisch stand schmutziges Geschirr, auf den Sesseln türmte sich Wäsche, überall lagen Bücherstapel. Legosteine knirschten unter Phoebes Füßen, als sie sich einen Weg zum Sofa bahnten. Der Professor musste es erst von einem Haufen Spielzeugautos befreien, damit sie sich setzen konnten.

»Sorry.« Er hob hilflos die Arme und ließ sie wieder sinken. »Meine Frau und ich … wir arbeiten beide. Keiner hat Zeit zum Aufräumen und die Putzfrau hat gekündigt. Aber deshalb seid ihr nicht hier.« Er blickte Aaron an, schloss die Augen, schüttelte den Kopf. »Henk Schwarz. Wie lange ist das her?«

»Henk Schwarz?«, fragte Mimi. *»Zijn vader heet Henning.«*

»Aber so hat ihn hier niemand genannt. Wie geht es ihm?«

»Ich weiß es nicht.« Aarons Stimme war ganz zittrig vor Aufregung. »Ich weiß im Grunde überhaupt nichts über ihm.«

»Naar het luid woont hij hier in Amsterdam«, sagte Mimi. *»We proberen hem te vinden.«*

»Ich befürchte, dabei kann ich euch nicht helfen«, sagte Blom.

»Aber sie kennen ihn?«, fragte Aaron.

»Ich kannte ihn. Nicht sehr gut, allerdings.« Ich kannte ihn, sagte er. Aber nun kennt er ihn nicht mehr, dachte Phoebe. Weil Henning die Stadt verlassen hat. Oder gestorben ist.

Sie wartete darauf, dass Blom weitersprach. Doch statt zu antworten, pflückte er ein Kinder-T-Shirt von der Sofalehne, strich es auf seinen Beinen glatt, faltete es zusammen und legte es auf den Tisch.

»Er war ein hervorragender Musiker. Gitarrist. Und richtig dick im Geschäft.«

»*Is hij dood?*« Mimi sprach aus, was Phoebe dachte und Aaron wahrscheinlich auch.

»*Niet, at ik weet*«, sagte Blom.

»Sie haben keinen Kontakt mehr zu ihm«, sagte Phoebe. »Ist er weg aus Amsterdam?«

»Auch das kann ich Ihnen nicht sagen«, meinte Blom. Er seufzte. »Aus dem Musikgeschäft ist er jedenfalls raus.«

»Was ist geschehen?«, fragte Aaron.

»Alte Geschichten«, sagte Blom. »Ist vorbei. Reden wir nicht darüber.«

»Doch«, sagte Aaron. »Ich will darüber reden. Ich habe meinen Vater nie kennengelernt. Bis vor ein paar Wochen habe ich geglaubt, er sei tot. Aber er ist nicht tot, er lebt, und zwar hier in Amsterdam. Und ich werde ihn finden. Aber dafür muss ich alles über ihn wissen.«

»Ich weiß nicht.« Blom zupfte an seinem Bart. »Letztendlich weiß ich nur Gerüchte.«

»Egal«, sagte Aaron. »Bitte.«

»Zoals je wilt.« Der Professor nickte. »Ich weiß gar nicht mehr, wann ich Henk zum ersten Mal getroffen habe. Wir haben uns in Köln kennengelernt, ich hab da ein paar Jahre gelebt und Musik gemacht. 1998 oder 99 war das. Als ich 2001 nach Amsterdam kam, lebte er schon hier. Wir wurden oft zusammen gebucht. Ein paarmal waren wir sogar zusammen auf Tour. Er war genial, ein toller Gitarrist.«

»Henk Schwarz. War das auch der Name, unter dem er gearbeitet hat?«, fragte Aaron. »Es gibt nicht einen einzigen Eintrag zu Henning Schwarz.«

»Genau. Sein Künstlername. Dass er in Wirklichkeit Henning hieß, wussten die wenigsten.«

»Warum hat er seinen Beruf aufgegeben?«, sagte Aaron.

Blom zuckte mit den Schultern. »Er war unzufrieden. Er wollte nicht für andere Bands ins Studio oder mit berühmten Künstlern touren. Er wollte selbst berühmt werden. Ganz groß rauskommen. Mit seiner eigenen Band. Oder besser noch als Solist.«

»Hat aber nicht geklappt«, sagte Phoebe.

Blom nickte versonnen.

»Warum nicht?«, fragte Aaron. »Er war doch so gut.«

Der Professor seufzte. »Talent ist nicht alles. Henk fehlte das Entscheidende: Glück. Er war begabt und zäh, er kannte die richtigen Leute, er verdiente viel Geld. Aber mit seinen eigenen Sachen hat er den Durchbruch nie geschafft. Das hat ihn ohne Ende frustriert.«

»Wie waren seine Stücke?«, fragte Mimi. »Mochten Sie die Musik?«

»Ach ja.« Blom stand auf, ging zum Wohnzimmerschrank und öffnete ihn. Die Fächer waren vollgestopft mit Blumenvasen, Gläsern, Flaschen, CDs, Spielzeug, Büchern, Dosen, Gesellschaftsspielen und anderem Krimskrams. Der Professor griff dennoch zielsicher in das Gewühl und zog ein dickes Album heraus, das er mit zum Sofa brachte. »Da müsste es drin sein«, murmelte er und schlug das Buch auf.

Die Seiten waren voller CDs. Falls es ein Ordnungsprinzip gab, war es nur für Blom ersichtlich: Klassikaufnahmen lagerten neben Jazz, Hardrock und seichten Pop-Produktionen. Der Professor blätterte und blätterte.

»Hier.« Er zog eine weiße CD aus einem der Plastikfächer. »Da haben wir es ja.«

»Mixup 2001«, las Phoebe auf der Scheibe. HS.

Henk Schwarz.

»›Mixup‹ – ist das ein Bandname?«, fragte Aaron mit belegter Stimme.

Blom schüttelte den Kopf. »Das war ein Soloprojekt. Henk hat das Ganze komponiert und arrangiert und auf eigene Kosten produzieren lassen. Er hat eine Sängerin engagiert, aber die Instrumente hat er zum Großteil selbst eingespielt.

Warum er die CD »Mixup« genannt hat, weiß ich nicht. Es war auf jeden Fall ein Flop, also in finanzieller Hinsicht. Er bekam die Scheiben einfach nicht los, obwohl er alles versucht hat. Er ging den Leuten ziemlich auf die Nerven damit.«

»*Laat eens zien*«, sagte Mimi.

Blom legte die CD in die Stereoanlage und ließ sie abspielen.

Eine seltsame Musik. Der Track begann sehr rockig und hart, aber nach ein paar Takten setzte eine zarte Frauenstimme ein, die ein gefühlvolles, trauriges Liebeslied sang. Der Gesang wurde jedoch immer wieder durch harte Gitarrenriffs auseinandergerissen und zerfetzt.

»Wow!«, sagte Mimi, als das erste Stück zu Ende war. »Das ist wirklich was Besonderes.«

»So was hab ich ja noch nie gehört«, sagte Phoebe.

Aaron sagte nichts. Seine Augen glänzten verdächtig.

»Es ist toll, oder?«, sagte Blom. »Aber das Projekt war viel zu ambitioniert und *strange*, um richtig erfolgreich zu werden.«

»Das ist Unsinn«, widersprach Aaron. »Es gibt doch genug Beispiele dafür, dass sich außergewöhnliche Musik durchsetzt. Die Leute haben genug von dem Einheitsbrei, den man immer zu hören kriegt.«

»Es kann funktionieren«, sagte Blom. »Da hast du natürlich ganz Recht. Aber wie schon gesagt: Henk fehlte das entscheidende Quäntchen Glück. Dass seine Musik im richtigen Moment von der richtigen Person gehört wurde. Dass ihn jemand ganz groß rausbrachte.«

»Wer ist die Sängerin?«, fragte Phoebe.

Blom zupfte an seinem Bart. »Leslie Spring. Klasse Stimme, oder? Unvergesslich.«

»Der Name sagt mir nichts«, sagte Phoebe. »Muss man die kennen?«

Blom schüttelte den Kopf. »Müsste man. Aber niemand kennt sie.«

»Sie hat den Durchbruch nicht geschafft. Genau wie Henk«, sagte Mimi.

»Sie ist tot«, sagte Blom.

»*Dood?* Oh. Woran ist sie gestorben?«, wollte Mimi wissen.

»Tja«, murmelte Blom. »Woran ist sie gestorben. Ich würde mal sagen, an Henk. Sie ist an Henk gestorben.«

Aaron

Sie ist an Henk gestorben.

Dieser Professor mit seinem Ziegenbart und den struppigen Haaren ging Aaron auf die Nerven. Am Anfang hatte Blom noch so getan, als ob er nicht über Henning reden wollte. Aber jetzt genoss er es richtig, alle Details mit quälender Langsamkeit auszupacken.

»Leslie war die Frau von Theo Spring«, erklärte er.

»Ist das der Spring von Spring Music International?«, fragte Mimi.

»Ganz genau. Wichtiger Mann in der internationalen Musikszene, sehr einflussreich. Leslie war um einiges jünger als er, Engländerin, eine faszinierende Person. Hübsch, zart und kapriziös.«

»Und Henning … ich meine, Henk hat sie umgebracht?« Aarons Stimme war viel zu laut, das merkte er selbst. Aber er konnte seine Wut auf Blom einfach nicht verbergen.

»Nein, hat er nicht.« Der Professor fuhr sich mit den Zeigefingern unter den Hemdkragen. »Sie hatten eine Affäre, irgendwann ist Spring dahintergekommen, damit war die

Sache beendet. Aber ein paar Monate später hat Leslie sich umgebracht.«

»Woher wissen Sie das? Ich meine, von der Affäre? Vorhin haben Sie noch gesagt, dass Sie meinen Vater kaum kannten.«

»*Jeetje.* Die Szene ist klein und es wird eine Menge getratscht.«

»Sind Sie sicher, dass sich Leslie wegen Henk umgebracht hat?«, fragte Phoebe.

»Nein. Natürlich nicht. Aber es war so kurz nach der Trennung. Alle sind davon ausgegangen ...«

»Klatsch und Gerede«, unterbrach ihn Aaron. »Das ist alles. Mehr ist nicht dahinter.«

Blom nickte. »Vielleicht.« Er lächelte. »Ich wollte dir das nicht erzählen, erinnerst du dich? Weil es genauso ist, wie du sagst: Ich kenne nur Gerüchte und Spekulationen. Aber du wolltest ja alles wissen.«

Damit hatte er vollkommen Recht, doch diese Tatsache stimmte Aaron auch nicht versöhnlicher.

»Henk war ungeheuer charismatisch und mitreißend, wenn er gut drauf war. Wenn es ihm nicht gut ging, war er ätzend. Total destruktiv. Ich kann mir gut vorstellen, dass er einer Frau das Herz brechen konnte.« Blom zupfte an seinem Bart. »Nach Leslies Tod war Henk weg vom Fenster. Als Musiker bekam er nirgends mehr einen Fuß in die Tür, keinen Auftrag, keinen Gig, nichts. Dafür sorgte Spring. Man sah ihn auch nirgends mehr. Deshalb dachte ich, er hätte Amsterdam längst verlassen.«

»In welchem Jahr hat sich Leslie umgebracht?«, fragte Phoebe.

»Das war …« Blom schloss die Augen, dachte nach, machte sie wieder auf. »2003. Im Frühling.«

»Die Postkarte an Sabine hat Henk vor zwei Jahren verschickt«, sagte Phoebe. »Aus Amsterdam. Also ist er definitiv hiergeblieben. Oder er war weg und ist wieder zurückgekommen.«

»Aber wovon hat er gelebt, wenn er nicht mehr als Musiker arbeiten konnte?«, fragte Mimi.

»Keine Ahnung«, sagte Blom. »Wirklich nicht.«

»Wer könnte uns sagen, wo er heute ist?«, erkundigte sich Mimi. »Kennen Sie jemanden, der mit ihm befreundet war, der uns weiterhelfen könnte?«

»Nein, sorry. Henk war Einzelgänger. Und wir beide waren ja auch nicht besonders eng miteinander.«

»Wussten Sie eigentlich, dass Henk einen Sohn hat?«, fragte Phoebe. »Als sie sich in Köln kennengelernt haben, war Aaron ja schon auf der Welt.«

»Darüber hat er nie gesprochen. Aber wie schon gesagt …«

»Sie waren ja auch nicht so eng«, sagte Aaron.

Als sie sich verabschiedeten, schenkte Blom ihm die CD. Sie fuhren zurück in die Weteringstraat, wo Aaron Tobias' Laptop auslieh und sich damit in die Abstellkammer verzog. Er setzte sich auf das Schlafsofa, legte die CD ein und hörte sie viermal hintereinander.

Diese Musik traf ihn mitten ins Herz.

Er hatte selbst ein paar Stücke geschrieben, die ihm alle nicht mehr gefielen. Die Musik, die sein Vater machte, war die Musik, die er selbst gerne geschrieben hätte.

Die Musik, die er im Herzen hatte. In den Genen.

Er musste Henning finden. Henk. Er wollte alles über ihn wissen. Das Gute und das nicht so Gute. Keine Gerüchte, er wollte die Wahrheit erfahren. Er hatte ein Recht auf die Wahrheit.

Was war zwischen Henk und Leslie geschehen, warum hatte sie sich umgebracht?

Warum hatte Henk Sabine verlassen?

Warum hatte er nie Kontakt zu Aaron aufgenommen?

Call me anytime.

Wie denn, wie?

Als er die CD zum fünften Mal startete, kam Phoebe rein.

»Wir gehen was essen«, sagte sie. »Kommst du mit?«

Er schüttelte den Kopf, ohne sie anzusehen. »Ich hab keinen Hunger.«

»Aaron«, sagte Phoebe. »Schalt das Ding aus und komm mit. Wir gehen zu einem Thailänder, der wirklich klasse sein soll. Tobias will uns einladen.«

»Ich will aber nichts. Ich muss nachdenken.«

»Wir können zusammen nachdenken. Es bringt doch nichts, wenn du hier die ganze Zeit allein vor dich hin brütest.«

Nun hob er den Kopf und sah sie an. Sie hatte sich umgezogen, sie trug ein gepunktetes Sommerkleid, das sie vermutlich von Mimi geliehen hatte. Ihre Haare fielen in weichen Wellen über die nackten Schultern. Ihre Haut schimmerte wie Samt. Sie sah einfach super aus.

Einen Moment lang wäre er fast schwach geworden. Aber dann riss er sich wieder zusammen. Er durfte sich jetzt nicht ablenken lassen. Er musste Henk finden, das war das Einzige, was zählte. Er war kurz davor.

»Geht ohne mich«, sagte er. »Ich mag nicht, wirklich nicht.«

Phoebe verließ wortlos den Raum und zog die Tür hinter sich zu.

Sie war sauer. Weil sie nichts verstand. Weil sie einfach nicht begreifen konnte, was Henning für Aaron bedeutete. Seit Aaron sich erinnern konnte, war sein Vater eine Leerstelle in seinem Leben gewesen. Solange er Henning nicht gefunden hatte, wäre Aaron nicht komplett. Er musste diese Sache abschließen. Alles andere war jetzt nebensächlich.

Er googelte Henk Schwarz und fand Links zu zahllosen Aufnahmen, an deren Einspielung er beteiligt gewesen war, aber kein einziges Foto. Als er den Namen »Leslie Spring« eingab, bekam er ein paar Berichte über ihren Selbstmord. Und ein Bild von einer zarten jungen Frau mit dunklen Augen und braunen Locken. Das Gegenteil von Sabine, die rothaarig und ziemlich groß war. Was hatte Henk an Leslie gefunden? Warum hatte er sich vorher in Sabine verliebt?

»*Wife of music producer commits suicide.*« Sie hatte sich vor den Zug geworfen. Henks Name fiel in keinem der Artikel, es war nur von einer unglücklichen Liebesaffäre die Rede.

Als er Henks CD zum zehnten Mal hörte, ging die Tür auf und Tobias steckte den Kopf herein. »Lebst du noch?«

»Schon wieder zurück?«

»Wir haben dir was mitgebracht.« Er wedelte mit einer Pappschachtel. »Gebratene Nudeln mit Hühnchen. Hoffentlich bist du kein Vegetarier.«

»Das ist aber nett. Vielen Dank.« Aarons Magen knurrte. Er merkte erst jetzt, wie hungrig er war.

»Wir sind drüben in der Küche.«

»Ich komme sofort.«

Tobias nickte. Aaron wartete darauf, dass er den Kopf wieder zurückzog und die Tür schloss, aber er blieb stehen und blickte ihn unverwandt an.

»Ist was?«

»Phoebe«, sagte Tobias.

»Was ist mit ihr?«

»Das frage ich dich.«

»Was fragst du mich? Hä?«

»Du suchst deinen Vater«, sagte Tobias. »Kann ich verstehen. Pass nur auf, dass du dabei dein eigenes Leben nicht verpasst.«

»Wie meinst du das – hat Phoebe sich etwa bei dir beschwert? Mann, ich hab im Moment keinen Kopf für so was!« Aaron holte die CD aus dem Laufwerk und schaltete den Laptop aus.

Tobias nickte. »Genau das mein ich.«

Er zog die Tür zu.

Du verstehst nichts, dachte Aaron.

Später gingen sie alle zusammen in eine Kneipe. Aaron hatte eigentlich keine Lust, aber Phoebe zuliebe kam er mit. Es war schließlich ihr letzter gemeinsamer Abend.

Als er in die Küche gekommen war, hatte sie ihm erzählt, dass sie am nächsten Morgen abreisen würde. Ein Bekannter von Tobias fuhr nach Düsseldorf und würde sie mitnehmen.

»Du brauchst mich hier ja nicht mehr«, sagte sie und hoffte wahrscheinlich, dass er widersprach, aber er zuckte nur mit den Schultern. Morgen Abend kamen ihre Eltern aus dem Urlaub zurück, bis dahin musste sie zu Hause sein. Aaron war volljährig, er konnte tun und lassen, was er wollte. Bei einer Sechzehnjährigen sah die Sache anders aus. Wenn Phoebe hierblieb, war es nur eine Frage der Zeit, bis die Polizei sie aufgriff, und dann hatten sie beide ein echtes Problem.

Nachts fand er keinen Schlaf. Er wälzte sich vom Rücken auf den Bauch, von der linken auf die rechte Seite. Er rezitierte im Kopf Liedtexte, das wirkte eigentlich immer, aber heute nicht. Phoebe konnte auch nicht schlafen. Im Gegensatz zu ihm lag sie ganz still da, aber ihr Atem ging flach und unregelmäßig. Sie hatte sich seinen MP3-Player ausgeliehen und hörte Musik. Hin und wieder drangen ein paar Töne von Bruchs Violinkonzert an sein Ohr.

Ob sie sich nach Morgen jemals wiedersehen würden? Vielleicht blieb Aaron ja in Amsterdam. Aber selbst wenn er wieder nach Düsseldorf zurückkehrte und Abitur machte, wäre zwischen ihnen nichts mehr, wie es in den letzten Tagen gewesen war. Phoebe hätte ihre alten Freunde, ihre Clique.

Aaron wäre der Freak, der Außenseiter, der nirgendwo hinpasste.

Die vier Tage in Holland wären Phoebe dann schrecklich peinlich.

Aaron drehte sich von links nach rechts. Phoebes Haar lag auf dem Kissen, er spürte es an seiner Wange. So nah wie jetzt würde er ihr nie wieder sein.

Er hätte sie so gerne geküsst.

Als er am nächsten Morgen aufwachte, war Phoebe schon weg.

»Du hast so tief geschlafen«, sagte Tobias. »Wir wollten dich nicht wecken.«

»Bitte? Das kann doch wohl nicht wahr sein! Phoebe ist abgereist, ohne sich von mir zu verabschieden?«

»Ist vielleicht besser so«, sagte Tobias.

»Warum ist das besser so?« Aaron fragte sich, was Phoebe Tobias über ihn erzählt hatte. Und ob Tobias sie vielleicht dazu überredet hatte, sich ohne Abschied zu verdrücken. Weil er eifersüchtig auf ihn war, weil er selbst bei Phoebe landen wollte, aber genau wusste, dass er nicht die geringste Chance hatte.

»Abschiede sind immer blöd«, sagte Tobias. »Und ihr seht euch ja wieder.«

Aarons Handy piepste. Eine SMS. Bestimmt von Phoebe. Er hatte die Nachricht geöffnet, bevor ihm einfiel, dass Phoebe seine Nummer gar nicht hatte. Und auch kein Handy, um damit zu simsen.

Die SMS war ja auch gar nicht von ihr, sondern von Sabine.

Glaub nicht, was man dir über Henning erzählt. Und wenn du ihn findest, dann glaub nicht, was er dir über sich erzählt.

Wenn es nicht so traurig gewesen wäre, hätte er laut gelacht. Sabine warnte ihn davor, irgendjemandem zu glauben. Warnte ihn vor Henning. Und war doch die größte Lügnerin von allen. Denn war nicht sie schuld daran, dass er nichts über seinen Vater wusste? Vielleicht hatte Henning Aaron immer vermisst, so wie Aaron Henning vermisst hatte.

Als Aaron klein gewesen war, hatte Sabine nie Süßigkeiten gekauft, und einen Fernseher hatten sie auch nicht besessen. Ist besser, wenn das Zeug gar nicht erst im Haus ist, dann vermisst man es auch nicht, hatte sie gesagt, wenn Aaron sich beklagte, dass alle seine Freunde Gummibärchen bekamen und die Teletubbies guckten.

Und genau wie mit den Süßigkeiten und dem Fernsehen hatte sie es mit Henning gemacht. Sie hatte ihn Aaron vorenthalten, weil sie beschlossen hatte, dass er nicht gut für ihn war.

»Alles okay?«, fragte Tobias. »Schlechte Nachrichten?«

»Alles okay.« Aaron löschte die Mail. Nicht mehr drüber nachdenken, bloß nicht aufregen. Das brachte ihn nicht weiter.

Wenn er Henning gefunden hätte, würde er Sabine anrufen und mit ihr reden. Nicht vorher.

Glaub nicht, was man dir über Henning erzählt.

Bestimmt nicht, dachte Aaron. Ich glaube keinem, auch dir nicht.

»Ich muss jetzt los, ich hab gleich Unterricht«, sagte Tobias. »Wenn du willst, können wir ja später zusammen essen gehen. So gegen drei?

»Gerne.«

»Sollen wir uns einfach hier treffen?«

»Klar.«

Als Tobias weg war, schnappte Aaron sich wieder den Laptop. Er surfte ziellos durchs Netz, hörte sich Tracks an, bei denen Henk mitgespielt hatte. Denn das waren schließlich die einzigen Spuren, die sein Vater hinterlassen hatte. Mit Leslies Selbstmord schien auch Hennings Leben beendet, jedenfalls war sein Name nach 2003 aus dem Internet verschwunden.

Henning. Henk.

Blom hatte Aaron sofort erkannt, obwohl er und Henning gar nicht so eng befreundet gewesen waren. Weil sie sich so ähnlich sahen.

Und nicht nur Blom hatte ihn erkannt.

Aaron musste plötzlich wieder an die dealende Pianistin denken, die sie am Sonntagabend im *A Zeven* getroffen hatten. Wie sie ihn angesehen hatte. Ihr war die Ähnlichkeit zu Henning ebenfalls aufgefallen. Genau wie Blom hatte sie sofort gewusst, dass Aaron sein Sohn war.

Henning wie? Sie kannte seinen Vater, aber nicht unter seinem alten Namen, sondern als Henk. Aber warum hatte sie Aaron nicht erzählt, was sie wusste?

Sie dealt, dachte er. Vielleicht ist er einer ihrer Kunden. Unter Dealern gibt es bestimmt eine Schweigepflicht so wie bei Ärzten und Pastoren.

Er musste noch einmal mit ihr sprechen. Aber er konnte sich nicht einmal mehr an ihren Namen erinnern. Es war irgendetwas Koreanisches gewesen.

Tobias hatte ein Adressbuch auf seinem Computer, vielleicht war das Mädchen ja darin verzeichnet? Aaron klickte auf das Buch-Icon in der Symbolleiste auf dem Bildschirm. Die Adressen waren alphabetisch geordnet, nach dem Anfangsbuchstaben der Nachnamen. So viele Koreaner waren ja hoffentlich nicht darunter.

Er scrollte bis zum C. Da war sie.

Nyu Cheong. Keine Adresse, aber eine Handynummer.

Eine halbe Stunde später hatte Aaron im Handyladen an der Ecke eine neue SIM-Karte gekauft, tippte mit zitternden Fingern Nyus Telefonnummer in sein Handy und lauschte gebannt dem Tuten am anderen Ende der Leitung.

»Hallo?« Eine Frauenstimme.

»Nyu?«

»Hallo?«

»Ich bin Aaron.« Seine Stimme zitterte vor Aufregung. »Ein Freund von Tobias.« Verdammt, er kannte nicht einmal Tobias' Nachnamen! »Aus Deutschland.«

Schweigen.

»Wir haben uns vorgestern Abend im *A Zeven* getroffen. Erinnerst du dich?«

Immer noch keine Reaktion.

»Du verstehst mich doch, wenn ich Deutsch rede?«

»Klar.«

Aha. Immerhin war sie noch dran. »Ich suche meinen Vater. Henk Schwarz. Hab ich dir ja schon erzählt.«

»Und ich hab dir erzählt, dass ich ihn nicht kenne.«

»Ich weiß aber, dass das nicht stimmt. Das habe ich dir angesehen. Du kennst ihn. Und du weißt, wo er wohnt.« Nichts wusste er. Er stocherte im Nebel, er tastete im Dunkeln und hoffte, dass er etwas fand.

»Vergiss es!«

»Nein«, sagte Aaron. »Ich suche ihn schon so lange. Ich werde nicht aufgeben, bis ich ihn gefunden habe.«

»Ich kenne ihn nicht. Wirklich nicht.« Sie verstummte. Und wollte noch etwas sagen, jedenfalls hatte er das Gefühl, dass sie noch nicht fertig war.

»Warum sollte ich dir helfen?«, fragte sie schließlich.

Aaron zögerte. Weil ich weiß, dass du dealst, dachte er. Weil ich dir schaden kann, wenn ich deinen Namen an die Polizei weitergebe. Er war sich jedoch nicht sicher, ob es klug war, Nyu unter Druck zu setzen. Womöglich machte sie dicht, wenn er versuchte, sie zu erpressen?

Vielleicht waren es sein Schweigen und die versteckte Drohung darin, die Nyu verunsicherten. Vielleicht hatte sie aber auch die Verzweiflung in seiner Stimme gehört und Mitleid bekommen. Jedenfalls hörte er sie jetzt seufzen.

»Ich ruf dich zurück«, sagte sie und legte auf.

Er legte das Handy nicht aus der Hand, aus Angst, dass er ihren Anruf verpassen könnte. Als es endlich klingelte, ließ er es vor Schreck fast fallen.

»Er wohnt draußen in Bijlmer. Bijlmerplein heißt die

Straße. Die Hausnummer weiß ich nicht. Das Haus liegt gegenüber von *Subway*«, sagte Nyu.

»Wohnt er allein da oder in einem Mehrfamilienhaus?«

Sie lachte. »Das ist Bijlmer, Mann. Da gibt's nur große Häuser. Das ist – na, du wirst es ja sehen.« Dann räusperte sie sich. »Lass es!«

»Warum?«, fragte er.

»Du willst ihn nicht finden«, sagte Nyu. »Er ist nicht so, wie du glaubst. Kein bisschen.«

»Woher kennst du ihn?«, fragte Aaron. »Kauft er Stoff bei dir?«

Da legte sie auf.

Bijlmer.

Das Viertel lag ziemlich weit draußen, also ließ er das Fahrrad im Hof und nahm die Metro. Das ist Bijlmer, Mann. Als er aus der U-Bahn-Station trat, verstand er, was Nyu damit gemeint hatte. Verglichen mit dieser Wohngegend war Jollis Viertel in Amstelveen eine Idylle. Müll auf dem Bahnsteig, leere Spritzen vor dem Ausgang der U-Bahn-Station. Grauer Beton, so weit das Auge reichte. Ein Wohnkasten glich dem anderen, acht Stockwerke, Balkonstreifen, die sich an den Fassaden entlangzogen, davor handtuchgroße Grünflächen, aus denen ein paar verrostete Klettergerüste wucherten wie Pilze.

Der Bijlmerplein lag genau an der U-Bahn, und ein paar

Meter hinter einem Kiosk mit arabischen Zeitungen entdeckte Aaron den *Subway*, von dem Nyu gesprochen hatte.

Das Haus liegt genau gegenüber.

Vor dem Eingang des Betonbunkers lungerten vier Halbstarke herum. Dunkle Bartschatten auf der Oberlippe, Kippen im Mundwinkel. Tätowierte Oberarme, obwohl sie alle noch keine achtzehn waren. Sie starrten Aaron neugierig an. Er passte nicht hierher. Passte Henk hierher?

Er ist nicht so, wie du glaubst.

Du willst ihn nicht finden.

Noch konnte er umdrehen.

Er schob sich an den tätowierten Typen vorbei und suchte die Klingelschilder neben der Tür ab. Aber es gab keinen Henk Schwarz. Die meisten Klingeln waren unbeschriftet. Wer hier wohnte, wollte keine Post und auch keine Besucher.

»Henk Schwarz?«, wandte Aaron sich an die Jungen. »Kennt ihr den?«

Keine Reaktion.

»Do you speak English? German?«

Kopfschütteln. Verstanden sie ihn wirklich nicht oder wollten sie nur nicht mit ihm reden?

Er zog zwei fünf Euroscheine aus der Tasche.

»Henning … äh … Henk Schwarz?«

»Derde verdieping.« Einer der Jungen schnappte das Geld, dann hob er drei Finger in die Höhe und zeigte nach oben. »Links.«

Dritter Stock links? Hatten die Jungen Aaron erkannt, schickten sie ihn zu Henning, weil er ihm ähnlich sah?

»*Dank u*«, sagte Aaron.

Die Jungen lachten. Vielleicht verarschten sie ihn.

Im Treppenhaus stank es nach Pisse. Er hielt die Luft an und stieg die Treppen in den dritten Stock hoch. Rechts zweigte ein Gang mit vielen Türen ab, links gab es nur eine Tür. Auch hier kein Schild unter der Klingel.

Aaron drückte auf die Klingel, schloss die Augen und öffnete sie erst wieder, als er hörte, wie die Tür aufging.

Phoebe

Es war kurz vor drei, als sie wieder in der Weteringstraat eintraf. Sie war um neun Uhr mit Tobias' Kumpel André am Hauptbahnhof verabredet gewesen, aber er war erst um Viertel vor zehn aufgekreuzt. Danach mussten sie noch einen anderen Freund abholen, einen Koffer einladen und Kaffee trinken. Um halb eins waren sie endlich gestartet, kurze Zeit später fuhren sie auf die Autobahn, da begann Andrés Auto zu husten und zu stottern. Er schaffte es gerade noch auf den Seitenstreifen, dann ging der Motor aus und ließ sich nicht mehr zünden.

Der Mann von der Pannenhilfe, der den Schaden kurz darauf begutachtete, schüttelte nur den Kopf. Weil er Holländisch sprach, konnte Phoebe nicht verstehen, was er ihnen daraufhin erklärte. Eins jedoch begriff sie sofort: dass sie mit diesem Auto nicht mehr nach Deutschland kommen würden. Heute nicht und morgen auch nicht. Sie wurden abgeschleppt, dann brachte sie ein Mann von der Werkstatt zur nächsten S-Bahn-Station, und nun war sie wieder zurück.

Hoffentlich war Tobias zu Hause. Hoffentlich war Aaron

gerade unterwegs. Sie warf einen Blick durch das Tor neben dem Haus.

Die beiden Fahrräder standen im Hof. Das war ein schlechtes Zeichen, dachte Phoebes Kopf, aber ihr Herz war anderer Meinung. Ihr Herz fand die Vorstellung, dass Aaron oben in der Wohnung sein könnte, sehr verlockend. Und begann auf der Stelle wie verrückt zu hämmern. Bescheuertes Herz.

»Was ist denn jetzt los?« Es war Jan, der ihr die Tür aufmachte. »Ich dachte, du wärst abgereist.«

»Dachte ich auch.« Sie erzählte ihm von der Autopanne.

»Und jetzt?«

»Keine Ahnung.« Sie musste Tobias fragen, ob er ihr das Geld für ein Zugticket lieh.

»Aaron ist nicht da. Weiß auch nicht, wo er hin ist«, sagte Jan.

»Und Tobias?«

»Weiß ich auch nicht. Kannst ihn ja anrufen.«

Er gab ihr sein Handy, aber bevor sie die Nummer wählen konnte, hörte sie den Schlüssel im Schloss und Tobias trat in die Wohnung. Als er Phoebe sah, fiel sein Gesicht zusammen. »Was machst du denn wieder hier?«

»Was ist das denn für eine Begrüßung?«, fragte Phoebe zurück. »Ich dachte, du freust dich!«

»Phoebe …« Sie wusste genau, was er dachte. Dass sie wegen Aaron zurückgekommen war – um ihm noch eine Chance zu geben. Aber das stimmte nicht. Sie wusste, dass

Tobias Recht hatte. Sie würde Aaron niemals dadurch gewinnen, dass sie hinter ihm herlief. Damit ging sie ihm nur auf die Nerven.

Allerdings würde sie ihn auch nicht kriegen, wenn sie abreiste. Er wollte sie nicht. Das hatte er in den letzten Tagen nur zu deutlich gemacht.

»Andrés blöder Wagen hatte eine Panne. Totalschaden.«

»Was? Na, so ein Pech. Armer André.«

»Arme Phoebe.« Sie zog eine Grimasse.

»Was hast du denn jetzt vor?«

»Keine Ahnung. Für den Zug hab ich keine Kohle.«

»Ich leih dir das Geld für ein Ticket.«

»Echt? Das wäre total nett.«

Er warf einen Blick auf seine Uhr. »Komm. Wenn wir uns beeilen, dann kriegst du noch den Direktzug nach Düsseldorf um halb fünf.«

Im Hinausgehen rief er Jan etwas auf Holländisch zu. Sie verstand den Namen »Aaron«.

»Was ist mit ihm?«, fragte sie misstrauisch. »Was soll Jan ihm sagen?«

Tobias zögerte. »Wir waren verabredet«, gestand er schließlich. »Um drei. Also jetzt. Ich hab Jan gesagt, dass er ihm ausrichten soll, dass ich gleich wieder zurück bin.«

»Wo ist er?«

»Keine Ahnung«, sagte Tobias. »Wenn du den Zug kriegen willst …«

»Ich geh vorher nur noch schnell aufs Klo«, sagte sie, obwohl sie gar nicht musste. Sie drückte nur auf die Spülung und wusch sich danach ausgiebig die Hände. Und betete, dass Aaron zurückkam. Dass er in diesem Moment die Wohnung betrat. Und wenn sie aus dem Bad käme, würden sie sich gegenüberstehen. Eine letzte Chance.

Wenn er nicht kam, musste sie allein nach Düsseldorf zurück – in ihr altes leeres Leben, zu den Freunden, die keine Freunde waren: zu Jesse, der sie einfach so weggeworfen hatte, und zu Hannah, die sie im Stich gelassen hatte. Zu ihren Eltern, die sich nur für ihre Noten interessierten.

»Kommst du, Phoebe?«, rief Tobias.

»Sofort!« Seufzend schloss sie auf. Kein Aaron, natürlich nicht. Sie folgte Tobias ins Treppenhaus. Im zweiten Stock bückte sie sich, sie tat so, als müsste sie ihren Schnürsenkel zubinden.

Den letzten Treppenabsatz legte sie so langsam zurück, dass Tobias stehen blieb und sie ansah. »Willst du lieber hierbleiben und auf ihn warten?«

Ja, schrie Phoebes Herz.

»Nein, Quatsch«, brachte sie hervor. »Ich hab nur gerade darüber nachgedacht, was jetzt aus den Fahrrädern wird. Die haben wir doch bei Aarons Freund aus dem Keller geklaut. Ich will sie auf jeden Fall wieder zurückgeben.«

»Ich kümmere mich darum«, versprach Tobias. »Aaron

soll mir die Telefonnummer von seinem Freund geben, dann sag ich ihm Bescheid, dass die Räder hier sind.«

»Super. Danke.«

»Kein Problem.«

Kein Problem. Inzwischen waren sie an der Tür. Tobias zog sie auf. Phoebe blickte nach links und nach rechts. Ihr Herz setzte ein paar Schläge aus, als ein großer, dunkelhaariger Typ aus der U-Bahn-Station kam und ihre Richtung einschlug. Jetzt hob er den Kopf und begegnete ihrem Blick. Es war nicht Aaron.

»Komm, Phoebe!«, sagte Tobias.

Aaron

Henning sah genauso aus wie Aaron in zwanzig Jahren aussehen würde. Vorausgesetzt er blieb einigermaßen fit.

Nach allem, was er in den letzten Tagen erfahren hatte, hatte Aaron ein Wrack erwartet, einen dürren Junkie oder einen verfetteten Alkoholiker. Aber Henk war weder dürr noch fett. Er sah wirklich gut aus für einen Mann von dreiundvierzig: schlank, aber muskulös, braun gebrannt.

Seltsamerweise schien er Aaron nicht zur erkennen.

»*Wat is er?*«, fragte er und machte dabei ein Gesicht, als wollte er die Tür gleich wieder zuziehen.

»Ich bin Aaron. Dein Sohn.«

Da wurden Hennings Augen erst ganz schmal und dann groß. »*Jeetje*«, stammelte er. »*Dat is toch* … ich glaube nicht …«

»Doch«, sagte Aaron. »Ich bin's wirklich.«

»Woher kommst du?«, fragte Henk. »Ich meine, Quatsch, wie hast du mich gefunden? Was ist …? Ach, komm erst mal rein, komm rein.«

Er zog ihn am Ärmel in die Wohnung. Packte ihn dann an

den Oberarmen und hielt ihn fest und schaute ihn an. Als er die Tür aufgemacht hatte, hatte Henk wachsam und misstrauisch ausgesehen, jetzt strahlte er.

Er freut sich, dachte Aaron. Er freut sich wirklich.

Sie gingen in ein kleines hässliches Wohnzimmer. Eine leere Schrankwand, ein abscheuliches Sideboard, ein Tisch, vor dem ein Stuhl stand.

»Sieh dich nicht um«, sagte Henk. »Hier ist es furchtbar. Ich ziehe um, hab schon was Neues.«

Sie setzten sich nebeneinander auf das fadenscheinige, dreckige Sofa. Henning sah Aaron an, schloss die Augen, schüttelte den Kopf. »Aaron. Wie geht es dir?«

»Gut. Und dir?«

Er lachte. »Auch gut. Na ja, jedenfalls sobald ich aus diesem Loch raus bin. Wie hast du mich gefunden? Hat Sabine …?«

»Wie denn?«, fragte Aaron. »Sie kennt deine Adresse ja gar nicht. Oder doch?«

»Nicht dass ich wüsste.«

»Nyu Cheong hat mir gesagt, wo du wohnst«, sagte Aaron und wartete gespannt auf Hennings Reaktion.

»Wer?« Sein Gesicht zeigte keine Regung.

»Eine Koreanerin. Ich hab sie im *A Zeven* getroffen.«

»Ich geh nie ins *Zeven*«, sagte Henning. »Bin ich viel zu alt für.«

»Sie dealt«, sagte Aaron.

»Aha.« Das Gesicht war immer noch unbewegt. Die Unschuld in Person. »Ach, jetzt weiß ich, wen du meinst«, sagte er. »Die Pianistin. Nyu spielt doch Klavier, oder?«

Glaub nicht, was er dir über sich erzählt.

»Warum hast du dich nie bei mir gemeldet?«, fragte Aaron.

Henning fuhr sich mit der Hand durch die Haare. »Das war unsere Vereinbarung. Sabine wollte nicht, dass wir uns sehen. Unsere Beziehung ist ziemlich scheußlich zu Ende gegangen. Sie war damals schwanger mit dir. Ich wusste, dass es nicht okay war, sie zu verlassen. Aber es ging nicht anders. Wir haben uns gegenseitig die Hölle heißgemacht. Wir passten einfach nicht zusammen. Glaub mir, so war es besser für dich.«

»Wolltest du mich denn nie kennenlernen?«

»Ich hab oft an dich gedacht. Aber irgendwie hatte ich Angst davor, mich zu melden. Ich bin kein Vater, auf den man stolz sein kann.« Er lächelte ein schiefes Lächeln. »Schau dich doch bloß mal um.«

»Ich dachte die ganze Zeit, du wärst tot«, sagte Aaron.

Das Lächeln verschwand. »Das hat sie dir erzählt?« Er verzog das Gesicht. »Sorry«, sagte er dann. »Ich hab ja nun echt kein Recht, sie zu kritisieren.«

»Hast du ihr Geld geschickt?«

»Natürlich. Ich hab euch unterstützt, wo ich konnte. Du siehst ja, wohin mich das gebracht hat.«

»Es war doch wohl kaum Sabine, die dich hierhergebracht hat. Sondern eher Leslie.«

Ein winziges Zucken neben seinem rechten Auge. Dann hatte er sich wieder unter Kontrolle. »Leslie. Du hast ja genau recherchiert.«

»Hat sie sich wirklich deinetwegen umgebracht?«

Er lächelte müde. »Das ist eine komplizierte Geschichte. Hat mich ziemlich fertiggemacht, die Sache.«

»Ihr Mann hat dich fertiggemacht.«

»Spring, das Arschloch. Lass uns über was anderes reden. Mir kommt die Galle hoch, wenn ich an den Scheißkerl denke.«

»Also gut, reden wir von dir. Machst du noch Musik?« Aarons Augen durchsuchten das Wohnzimmer: keine Gitarre, keine CDs, nicht mal eine Stereoanlage.

»Manchmal. Aber nicht mehr für Geld. Das hat mir Spring vermasselt.«

»Wovon lebst du?«

»Jobs«, sagte Henning ausweichend. »Und du? Gehst du noch zur Schule?«

»Gelegentlich«, sagte Aaron. »Wenn ich nicht nach Holland fahre, um meinen verschollenen Vater zu suchen.«

Henning lachte, als wäre das ein Scherz gewesen. »Freundin?«, fragte er dann.

»Gerade nicht«, sagte Aaron und wunderte sich darüber, wie weh diese Worte taten. Phoebe war jetzt irgendwo auf der Autobahn nach Düsseldorf und hatte keine Ahnung, dass Aaron es geschafft hatte. Dass er am Ziel war.

»Ist besser so. Frauen machen nichts als Ärger. Willst du Kaffee? Ich mach uns Kaffee!« Henning stand auf und verschwand in der Kochnische neben dem Fenster, bevor Aaron auch nur antworten konnte.

»Wo ist denn hier die Toilette?«, fragte Aaron.

»Die Tür neben dem Ausgang.«

Er ging ins Badezimmer, das genauso runtergekommen und fertig war wie der Rest der Wohnung. Die Fugen zwischen den Fliesen waren verschimmelt, die Armaturen verkalkt, es roch nach billigem Rasierwasser und Klostein. Aaron öffnete den Spülkasten über dem WC. Da hatte Noah früher immer sein Gras versteckt, damit seine Mutter es nicht fand. Aber bei Henning klebte nichts unter dem Deckel. Aaron kam sich plötzlich bescheuert vor. Was tat er hier eigentlich? Er schnüffelte seinem Vater nach, den er gerade eben erst kennengelernt hatte. Nur weil Sabines SMS ihn so misstrauisch gemacht hatte. Vielleicht nahm Henning gelegentlich Drogen, na und? Was war schon dabei?

Während Aaron sich die Hände wusch, blickte er in den dreckigen Spiegel, und Henning blickte zurück. Mein Vater, dachte Aaron. Ich habe ihn endlich gefunden. Er wartete auf ein Gefühl der Freude, das ihn ergriff und aus diesem hässlichen Badezimmer trug. Aber er empfand nichts außer großer Verwirrung.

Dann bemerkte er, dass der Spiegel die Tür zu einem Einbauschrank war. Und bevor er richtig darüber nachdachte, was er tat, zog er den Schrank auf und sah sieben Glasfächer, gefüllt mit weißen Pappschachteln.

Er nahm eine der Schachteln heraus und öffnete den Deckel. Bunte Pillen, mit Smileys bedruckt. Sie lachten ihm entgegen. Sie lachten ihn aus.

Die Pillen aus der nächsten Schachtel waren in Herzform. Er schüttete eine Handvoll heraus, wog sie in seiner Hand, zählte fünfundzwanzig Pillen. In eine Schachtel passten vielleicht zweihundert. Und im Badezimmerschrank standen mindestens vierzig Schachteln – voll mit Ecstasy.

So viel konnte kein Mensch allein aufbrauchen. Henning dealte, genau wie Nyu. Aber ein Dealer würde das Zeug doch besser verstecken. Vielleicht gab es eine harmlose Erklärung für die Pillen, auch wenn Aaron sich beim besten Willen keine denken konnte.

Er nahm eine der Schachteln mit ins Wohnzimmer und stellte sie vor die Kaffeemaschine, die gerade zu blubbern begann.

»Was soll das denn?«, fragte Henning.

»Das frage ich dich.«

Henning fuhr sich mit der Hand durch die Haare. Sie kannten sich noch keine halbe Stunde, aber diese Geste ging Aaron jetzt schon auf die Nerven.

»Aha«, sagte Henning langsam. »So sieht das also aus.

Jetzt kapier ich alles. Ich blöder Hund, ich hab tatsächlich gedacht, du wärst aus reiner Sehnsucht hier aufgetaucht. Weil du deinen Alten mal kennenlernen wolltest, weil du mich vermisst hast. So ein Bullshit. Sabine hat dich hergeschickt. Das Ganze ist auf ihrem Mist gewachsen, oder? Sie wollte wissen, wo meine Kohle bleibt. Wo steckt sie – wartet sie unten im Auto auf dich? Sag ihr einen schönen Gruß. Bei mir gibt's nichts zu holen, ich komm selber kaum über die Runden.«

»Ich dachte, du hast immer gezahlt«, sagte Aaron. »Warum sollte Sabine dir da nachspionieren?«

»Du hast doch keine Ahnung«, sagte Henning.

Aaron sah Henning an, den Menschen, nach dem er sich immer gesehnt hatte, und mit einmal war seine Sehnsucht verschwunden. Auf einmal wollte er nur noch weg.

»Was?«, fragte Henning wütend. »Gehst du jetzt zu den Bullen? Bitte, tu dir keinen Zwang an, verpfeif mich ruhig. Mach mich fertig, das bin ich gewohnt.«

»Warum hast du Sabine die Postkarte geschrieben?«

»Welche Postkarte?«, fragte Henning.

»Vor zwei Jahren hast du ihr eine Karte geschickt. Dass du sie und mich vermisst, hast du geschrieben. *Wish you were here. Call me anytime.*«

»Hab ich das?« Er zuckte mit den Schultern. »Mir ging's nicht gut, ich war besoffen. Ich wollte die Karte auch nicht abschicken, aber dann hab ich's offenbar doch getan.«

»Woher hattest du unsere Adresse?«

»Hatte ich nicht. Hab die Karte an einen Bekannten aus Köln geschickt. Der hat sie Sabine wohl gegeben.« Henning nahm die Kaffeekanne aus der Maschine, schüttete Kaffee in eine angeschlagene Tasse und bot sie Aaron an, aber der schüttelte den Kopf. »Scheiße.« Henning nahm selbst einen Schluck und verzog angewidert das Gesicht. »Die Karte hat dich auf meine Spur gebracht, so war's doch, oder?«

Aaron schwieg. Er fragte sich, wo Henning die Pillen vertickte: in Clubs, in Bars, auf Schulhöfen? An die Typen unten auf der Straße?

»Ich hab alles versucht«, sagte Henning. »Ich hab komponiert und gespielt und meine Musik angeboten wie ranzige Butter. Ich war richtig gut, Mann. Jetzt krieg ich in der Szene keinen Fuß mehr auf den Boden.«

»Warum bist du nicht irgendwo anders hingegangen?«

»Bin ich doch. Hab's in London versucht, in Berlin und Köln. Überall dieselbe Scheiße. Die Leute hören nur Elektroschrott, die wollen keine ehrliche Musik mehr.«

»Du hättest dir einen Job suchen können.«

»Ich hab aber nichts gelernt, außer Musik. Was hätte ich denn machen sollen? Regale einräumen im Supermarkt? Klos putzen?«

»Warum nicht?«

»Nee, danke.«

»Stattdessen vertickst du Drogen.«

»Diese blöde Tussi«, sagte Henk. »Ich konnte doch echt nicht ahnen, dass sie sich diese Scheiße so zu Herzen nimmt. Bringt die sich um. Und mich hat sie auch gekillt.«

»Leslie ist schuld«, sagte Aaron. »Weil sie sich in dich verliebt hat. Und Sabine, weil sie dich verlassen hat. Und Spring, weil er dir das Geschäft vermasselt hat. Und die Leute, weil sie deine Musik nicht kaufen. Alle sind schuld. Nur du nicht.«

»Was willst du eigentlich von mir?«, brüllte Henning. »Du kreuzt hier einfach so auf und machst dich wichtig. Ich weiß selbst, dass ich mein Leben vor die Wand gefahren habe. Ich hatte eben eine Menge Pech. Aber jetzt geht's endlich aufwärts. Ich mach wieder Kohle, ich komm aus diesem Scheißloch raus. Wenn du mir nicht alles kaputt machst.«

»Wenn ich dich anzeige, dann hast du wenigstens wieder jemandem, dem du die Schuld zuschieben kannst.«

»Aber ich bin doch dein Vater, Aaron«, sagte Henning. »Wir können über alles reden.«

Aaron sah Henning an und sah die kleinen Falten neben seinen Augen und dass seine Wimpern ein bisschen flatterten. Und plötzlich musste er an einen Sonntagnachmittag vor zwei oder drei Jahren denken. Sabine und Aaron hatten auf dem Balkon gesessen und Kuchen gegessen und er hatte seine Mutter mal wieder nach Henning gefragt. Und Sabine war ihm zuerst ausgewichen, aber dann hatte sie ihm fest in die Augen geblickt und gesagt: »Okay, einmal muss es ja sein.«

Aaron erinnerte sich daran, wie sein Herz gehämmert hatte. An seine Angst. Er hatte gewusst, dass er gleich etwas Wichtiges über seinen Vater erfahren würde. Etwas, was ihm nicht gefallen würde. Aber bevor Sabine damit anfangen konnte, hatte das Telefon geklingelt. Und als sie dranging, war Aaron aufgestanden und geflohen. Hinterher war Sabine nicht mehr auf das Thema zurückgekommen. Aber Aaron hatte sie auch nie mehr nach Henning gefragt.

Sie hätte es mir damals schon gesagt, dachte er jetzt. Aber ich wollte es nicht hören. Ich hatte Angst vor der Wahrheit.

»Was ist denn jetzt?«, fragte Henning.

»Ich weiß noch nicht«, sagte Aaron. »Ist vielleicht besser, wenn du die Pillen ins Klo schmeißt.«

Dann ging er und Henning machte keinen Versuch ihn aufzuhalten.

In der U-Bahn machte ein Straßenmusiker entsetzlichen Lärm mit einem Akkordeon.

Aaron legte seinen Kopf gegen die Fensterscheibe und brauchte seine ganze Kraft, um nicht in Tränen auszubrechen.

Als er den Kopf wieder hob, merkte er, dass er seine Station verpasst hatte. Und dann sah er Phoebe. Sie saß ein paar Reihen vor ihm und starrte aus dem Fenster, obwohl es nichts zu sehen gab, sie waren ja unter der Erde.

Es war natürlich nicht Phoebe, es konnte gar nicht Phoebe

sein. Phoebe war längst wieder in Düsseldorf. Aber das Mädchen, das da vorne saß, hatte die gleichen braunen Haare, die glänzend auf ihre Schultern fielen. Jetzt schüttelte es den Kopf und strich dabei eine Strähne aus der Stirn, genau wie Phoebe. Aaron wurde plötzlich schwindlig vor Sehnsucht. Und weil ihm auf einmal dämmerte, wie bescheuert er gewesen war.

Er hatte Phoebe verloren. Weil er einem Hirngespinst nachgelaufen war, einer fixen Idee. Er hatte jemanden gesucht, der sein Leben für ihn regelte und ihm eine Richtung und einen Sinn gab. Und hatte Henk Schwarz gefunden, der seine Geliebte in den Tod getrieben hatte, der Drogen an Jugendliche vertickte und sich dabei im Selbstmitleid suhlte. Henk Schwarz, der einst Sabine im Stich gelassen hatte, so wie Aaron Phoebe im Stich gelassen hatte.

Aaron schwitzte am ganzen Körper. Er musste Phoebe auf der Stelle anrufen, er musste sie anflehen, ihm zu verzeihen. Hoffentlich hatte sie Tobias ihre Handynummer gegeben. Hoffentlich war nicht schon alles zu spät.

Als die U-Bahn hielt, stand Aaron auf und im selben Moment drehte sich das Mädchen vor ihm um und sah ihn an. Sie sah genauso aus wie Phoebe. Es war ja auch Phoebe.

Und neben ihr saß Tobias.

»Oh Mann«, stöhnte er, als er Aaron nun ebenfalls erblickte. »Das kann ja wohl nicht wahr sein. Ich geb auf.«

»Das ist die Macht des Schicksals«, erklärte Phoebe, als sie alle draußen auf dem Bahnsteig standen. »Sie hat Aaron und mich auf dem Rastplatz zusammengebracht. Und jetzt wieder.«

»Macht des Schicksals, meine Fresse«, knurrte Tobias. »Schon mal überlegt, ob es nicht vielleicht *Murphy's Law* ist?«

Aaron hörte seine Stimme nur gedämpft durch das Rauschen in seinen Ohren. Er sah Phoebe an und Phoebe sah ihn an.

»Also gut«, seufzte Tobias. »Hat ja alles keinen Sinn mehr. Ich lass euch erst mal allein. Ich bin zu Hause, wenn ihr mich sucht.«

Sie gingen in ein kleines Straßencafé, und erst jetzt traute sich Aaron, Phoebes Hand zu nehmen.

»Hast du ihn gefunden?«, fragte Phoebe.

Er nickte stumm.

»Das ist ja wunderbar.«

»Nein«, sagte Aaron. »Gar nicht wunderbar.« Und dann erzählte er ihr von Nyu Cheong und der schrecklichen Wohnung in Bijlmer und den Pillen im Badezimmerschrank.

»Ein mieser kleiner Dealer«, sagte er. »Wer hätte das gedacht.«

»Wie furchtbar«, flüsterte Phoebe.

»Weißt du, was das Schlimmste ist?«, fragte Aaron. »Ich

bin wie er. Ich denk auch immer, dass alle anderen schuld daran sind, dass mein Leben nicht rundläuft. Sabine, irgendwelche Lehrer, die Scheißtypen aus der Schule, du. Ich bin genauso arrogant und selbstgefällig wie er.«

Sie lächelte und schüttelte den Kopf.

»Ich hab dich total mies behandelt«, sagte Aaron.

»Das stimmt.«

»Ich liebe dich«, sagte Aaron.

Da sagte sie nichts mehr, sondern küsste ihn.

Sie riefen Phoebes Eltern an, die gerade vom Flughafen nach Hause gekommen waren.

»Ich bin in Amsterdam«, sagte Phoebe. »Mir geht's gut. Aber ich komm erst morgen nach Hause.«

Am anderen Ende der Leitung bekam ihre Mutter fast einen Herzinfarkt. Sie hatte seit Tagen versucht, Phoebe zu erreichen, und immer nur mit Hannah gesprochen, die sie ständig abgewimmelt hatte.

»Dein Vater rastet aus, wenn er hört, dass du die Schule geschwänzt hast.« Sie jammerte so laut, dass sogar Aaron jedes Wort verstehen konnte.

»Das muss er nicht«, sagte Phoebe. »In der Schule läuft grade eh nichts mehr, so kurz vor den Ferien. Und mir geht es gut. Ich erklär euch alles, wenn ich zurück bin.«

»Auweia!«, sagte Aaron, als sie aufgelegt hatte. »Das wird ein Nachspiel haben.«

»Vermutlich. Aber was soll's. Die Wut geht vorüber.« Sie strahlte ihn an. Er konnte gar nicht anders, er musste zurückstrahlen.

»Und jetzt du«, sagte Phoebe.

Also holte Aaron tief Luft und dann rief er Sabine an.

»Hier ist Aaron«, sagte er. »Ich wollte dir nur sagen, dass ich ihn gefunden habe.«

Schweigen am anderen Ende der Leitung. Sabine fand offenbar keine Worte. Das kam so gut wie nie vor.

»Und dass es mir leidtut«, fügte Aaron hinzu. »Alles. Ich komm morgen wieder nach Hause.«

»Was hat er dir erzählt?«, fragte Sabine.

»Lügen. Nichts als Lügen.«

»Ich hab dich auch angelogen«, sagte Sabine leise. »Das war falsch, das weiß ich jetzt. Aber ich hatte solche Angst, dass er dich einwickelt. Dass ich dich verliere. Er kann so gewinnend sein.«

»Das kann ich mir vorstellen. Sonst gäb es mich wohl auch gar nicht.«

Sie lachte. »Komm schnell nach Hause. Wir müssen über so vieles reden.«

Als er das Gespräch beendete, hörte er hinter sich einen spitzen Schrei.

»Das gibt's doch nicht!«, kiekste eine Frauenstimme.

»Na, so ein Zufall! Unsere beiden Turteltäubchen«, jubelte eine andere.

Auf der anderen Straßenseite standen Birgit und Suse und winkten zu ihnen herüber.

»Was machen Sie denn hier?«, fragte Phoebe, als die beiden zu ihnen rübergekommen waren. »Ich dachte, Sie wollten nach Antwerpen!«

»Da hat es uns nicht gefallen. Also sind wir nach Amsterdam gefahren«, sagte Birgit.

»Tolle Stadt«, sagte Suse. »Auch wenn man ganz schön Kopfschmerzen davon bekommt.«

»Schschsch!«, machte Birgit und warf ihr einen verschwörerischen Blick zu. »Und ihr lasst es euch gut gehen?«, wandte sie sich dann wieder an Aaron und Phoebe.

»Und wie«, sagte Phoebe. »Ist aber leider unser letzter Tag hier. Morgen müssen wir wieder nach Hause.«

»Na, so was. Wir auch! Wenn ihr wollt, könnt ihr mitfahren«, sagte Suse.

»Na klar!« Birgit stieß Suse in die Seite. »Mal sehen, ob wir morgen noch mal so ein Abenteuer erleben wie am Samstag.«

»Vielleicht geht ja auch alles glatt«, sagte Aaron. »Wär doch mal eine Abwechslung.«

Aber im Grunde war es ihm egal. Was sollte ihm schon passieren? Solange er und Phoebe zusammen waren, war alles gut.